搜神異寶錄
懸疑考古探險搜神小說
之11 帝冑龍脈
婁源霸刀 著

目錄

楔子

日本大師上川壽明來中國究竟有什麼任務？
情報頭子戴笠怎麼也想不出。
據說北大的考古學教授苗君儒精通玄學，
正當戴笠想找他幫忙時，苗君儒已失蹤兩個多月……

民國三十四年三月二十二日（西元一九四五年）。

重慶羅家灣軍統大院。

戴笠，這個被西方人稱做「中國的希姆萊」的軍統特務頭子，自抗日戰爭爆發以來，率領手下幾十萬名特務，與日軍及汪偽特務展開了一場又一場的生死較量，刺殺了無數漢奸偽軍及日寇大小官員頭目，為抗日事業作出了極大的貢獻！

當然，在對付共產黨人的戰線上，軍統特務也是極其殘忍而恐怖的，死在軍統特務手裏的中共地下黨員，也是數以萬計。

日軍及汪偽政權的最高層，曾多次策劃秘密行動計畫，妄想除掉蔣介石身邊這個最得力的「特工之王」，日本大本營特工一處的一份暗殺名單上，戴笠的名字排列第三，僅次於蔣介石與李宗仁，可想而知他在日本人的眼中，是一個什麼樣的人物。

可是無論他們的計畫多麼周密，最終都以失敗而告終。

這個中國近代歷史上最富有傳奇色彩的人物，在與無數個對手較量的同時，最注意的就是自己的安全問題。他製造了許多幻象，在很多人的眼裏，戴笠只是一個名字而已，這個人可能實際上並不存在。

除了戴笠身邊幾個最可靠的人之外，沒有人知道他的行蹤，有時候連蔣介石找他開會，也總要通過可靠的途徑才能找得到他。

此刻，他的手上有一份剛譯出來的情報，情報上只有幾個字：上川壽明，絕密任務。

這份情報是一個打入日本情報系統高層的軍統特務發出來的。那個特務在日本情報系統中潛伏了十多年，代號「玉龍」，他的情報不需要經過別人的手，而是直接送到戴笠的手裏，這麼多年來，沒有人知道他的真實身分，他也極少送出情報。但是，他送出的每一份情報，都事關中國安危。

身為「特工之王」的戴笠，怎麼會不知道日本的上川壽明呢？

上川壽明是日本著名的玄學大師，一生研究玄學，對中國的周易八卦等各家玄學著作研究深透，並且精通風水堪輿及推算之術。

也許是研究玄學的緣故，上川壽明對名利很淡薄。一九三〇年，他曾經對好友，時任日本總理大臣的犬養毅發出警告，要對方特別注意五月十五日這個日子，兩年後的五月十五日，日本海軍少壯派法西斯軍官發動武裝政變，殺死了犬養毅。

引起世人對他的關注的，是他在昭和十一年（西元一九三六年），對日軍在侵華戰爭中準確的預測和推斷：

「昭和十二年丁未月乙未日（一九三七年七月七日），子侵母地戰事開，兄弟相殘魂魄來……」

上川壽明一直都承認秦始皇派徐福東渡求不老神藥一事，如今的大和民族，是當年那三千童男童女繁衍生息下來的，所以大和民族與中國是母子關係。

「昭和十五年庚子月乙丑日（一九四一年十二月七日），大洋之中一港口，從此大和走下坡……」

太平洋戰爭爆發後，由於戰線拉長與軍力的不足，日軍在整個戰場上確實開始走下坡路，特別是盟軍開闢歐洲第二戰場後，日軍戰略艦隊在太平洋上遭受的一系列打擊以及在緬甸戰場上的失利，已經讓一些日本的高層看到了戰爭的結局。但是日本軍國主義者不甘心失敗，策劃出一系列作戰計畫，力圖挽回敗勢。由於「玉龍」的情報，使中國軍隊掌握了日軍的作戰計畫，從而及時調整部署，徹底地粉碎了日軍的陰謀。

上川壽明的準確預測最終引起了日本高層的注意，江河日下的日本決策層，也想從這位「大師」的口中，得知日本的命運。

從一九四三年夏季開始，這位六十四歲高齡的「玄學大師」，便從人們的視野中消失了。

戴笠也知道此人在戰爭形勢上的重要性，多次派出特工前往日本，配合美國的情報人員尋找這位大師，可是一年多的時間過去了，一點消息都沒有。

戴笠皺著眉頭，用打火機將那張情報紙燒掉，拿起電話對守候在外面的人說道：「馬上叫沈醉來！」

一個多小時後，年輕幹練的軍統局總務處少將處長沈醉，在敲了三下門，得到「進來」的認可後，推門進來，他朝戴笠敬了一個禮，叫了一聲：「局座！」

戴笠滿意地看了一眼面前的這個得力手下，遞過去一塊手帕，「來，先把汗擦一擦！」同時輕輕問道：「你知道我為什麼突然叫你來嗎？」

就在前兩天，戴笠要沈醉親自去上海，進一步實施所謂的「除奸復國」計畫，剛才沈醉就在機場，正要上飛機，卻被一通緊急電話給叫來了。

沈醉拿著那塊手帕，不敢當著戴笠的面擦汗，他又敬了一個禮，說道：「請局座明示！」

戴笠沉吟了一下，問道：「你相信迷信嗎？」

沈醉微微一愣，他跟戴笠這麼多年，還是第一次聽對方說這樣的話。身為深受中國傳統文化教育出來的中國人，他的心裏也明白，自古以來，無論是權傾朝野的帝王將相，還是普通的市井布衣，沒有幾個不相信迷信的。

別的暫且不說，老頭子（蔣介石）一旦遇上什麼困難的事情，不都去廟裏拜菩薩嗎？黨國上上下下，相信迷信的人大有人在。要不然，當年湖南省主席兼國民黨軍隊第四軍總指揮何鍵，在剿匪不利的情況下，也用不著聽信江湖術士的話，去挖韶山的龍脈了。據說事後韶山下了三天三夜的大雨，河溪裏流的水都是紅的。

沈醉想了一下，說道：「凡事不可不信，也不可全信！世間確有很多事情，冥冥之中無法讓人明白……」

他說話向來知道分寸，要不然也不會年紀輕輕就幹到少將處長的位置。

戴笠問道：「你認為日本的玄學大師來中國的目的是什麼？」

「這個……」沈醉遲疑了，他是幹特務的，只懂得如何去策劃和實施軍事活動和計畫，對玄學這一塊一竅不通，但是他終究是靈敏之人，隨即答道：「我想他的目標不會是浙江奉化溪口吧？」

蔣介石發跡後，有民間風水堪輿人士，對蔣母所葬之墓進行分析：蔣母王太夫人墓，立坤山艮向，坐穴未申大空亡，屬郭楊風水法。該墓水口：縫針癸丑。入首龍為甲午。左水倒右，左為庚酉水，右為卯甲二水交會過堂，朝應峰，自左起，為坤、庚、酉、辛、乾峰，尖齊高聳插霄，亥、壬、子、癸秀麗低聳。拋向為午山子向，坐甲午金穴，其少祖山西起戍峰。

蔣母之墓風水，在形法方面，其來龍駁換若水之波及至入首龍頂點，勢若自天而下，據郭璞《葬書原著》云：「自天而下，其葬王者」。其穴場，雖非龍盡氣鐘，而符合《原著》所云：「龏葬其麗」。

在理法方面，左為剡溪水源遠流長而來朝堂，屬庚酉旺水，《玉尺經・天機賦》云：「是以庚甲朝堂，腰帶金印」，說明金龍庚酉水朝堂主應「腰帶金印」。又云「官旺聚局，食祿萬鐘」即財祿豐盈。右為卯甲養生水朝堂，《天機賦》云：「震庚產威之男」，震庚是金龍胎旺宮位，屬陽剛，主應威武之男。朝堂峰：坤、庚、酉、辛四峰尖齊高聳，主應首領、帝王之象。

由於蔣母墓背靠雪竇山，所以沈醉說日本人的目標在雪竇山。

聽了沈醉的話，戴笠托腮不語，倒不是他不相信沈醉的話，只是他憑著多年的特務經驗，覺得「玉龍」的情報應該不會那麼簡單。

中華民國的總統蔣介石是浙江奉化溪口人，這是全世界都知道的，抗戰之後，浙江奉化相繼淪陷，蔣介石也擔心他家的祖墳遭到日軍的破壞，尤其是其母墓被破壞，於是密令戴笠派人去察看，並拍下照片給他看。當時，南京汪偽政府中的一些漢奸意欲倒蔣，便挑動日人破壞蔣介石祖墳，特別是蔣母之墓。日軍和汪偽政權也幾次想刨掉蔣母之墓以破壞其「風水」，可都被汪偽浙江省省長傅式以各種辦法保護下來。

當然，戴笠安插在蔣母王太夫人墓周邊的那幾千個軍統特務和一個加強團編制的正規部隊，也起到了一定的作用。

讓戴笠迷惑不解的是，若是上川壽明來華目的就在奉化溪口，在侵華的那些年裏，日軍早就該派人去破壞了。幾十萬國軍正規部隊都難抵日軍的進攻，那幾千個特務又有什麼用呢？可是日軍除了在民國三十八年派飛機進行轟炸外，地面部隊並沒有任何動向。

那麼，上川壽明來中國究竟實施什麼絕密任務呢？

沈醉見戴笠沉默不語，於是說道：「上川壽明是玄學大師，我想有一個人能夠幫我們揭開這個謎團。」

戴笠立馬問道：「是誰？」

「苗君儒！」沈醉說道：「就是那個北大的考古學教授，聽說這個人精通玄學，但是他的脾氣很古怪，不知道他會不會幫我們！」

戴笠說道：「國家興亡，匹夫有責，你親自去找他，帶他來見我……」

沈醉說道：「我們現在沒有辦法找到他，兩個多月前，他就已經失蹤了！」

第一章

大唐後裔

據考證，婺源周邊一府六縣的胡姓子孫，

皆出自考川，世稱「明經胡」。

後世胡氏子孫繁衍，做官為商者眾多。

最出名的為清朝的紅頂商人胡雪巖和民國大學者胡適。

「明經胡」的子孫們只知道自己是皇族後裔，

並不知道他們的祖上還保留著一個天大的秘密！

貞觀十九年四月（西元六四五年），唐太宗李世民派大將李績和李道宗率大軍遠征高句麗，戰至九月，終令高句麗諸番臣服，此役雖重創高句麗，但是戰事曠日持久，耗費巨大，最終卻未能滅亡高句麗。因此，唐太宗認為，此戰無異於火中取栗，栗已到手然手已傷，實在算不上是贏。

早在李世民意欲起兵之時，就曾經親自問過太史令李淳風：「遼東戰事何如？」

精通陰陽卜算之術的李淳風，當著李世民的面卜了一卦，說道：「勞兵遠征，傷敵八百而自損一千，雖勝而不力也！」

對李淳風的話，李世民並沒有聽進去，而是固執起兵，結果正如李淳風所說的那樣。

從這以後，李世民凡事有什麼重大的決策，都會找李淳風來卜算一下凶吉，然後再行定奪。

貞觀二十三年（西元六四九年）五月十九日，躺在病榻上的李世民緊急召李淳風入宮，問國事何如。

李世民心知自己沒有幾天好活，他所擔心的是太子李治為人謙遜懦弱，凡事沒有主見，恐日後有大臣欺主或叛亂反唐，奪李氏江山。且星相官袁天罡早有預言「唐三代後當女主天下」一說，所以他想知道他死後，大唐李氏的江山究竟能夠保持多久。

李淳風似乎早就有了準備，不疾不徐地說道：「回稟聖上，亂唐著武，終唐者赤，大唐國祚乃雙雙之術，始高止哀，天命所歸，聖上無需擔憂！」

李世民也知道很多事情冥冥之中自有定數，凡事不可強求，見李淳風這麼說，只得揮了揮手，讓李淳風退了出去。七天後，李世民駕崩歸天。

李世民一死，太子李治即位，李治死後，武則天篡唐改周，至此大唐天下狼煙四起，直至玄宗李隆基繼位後，戰亂才有所平緩。

天祐四年（西元九〇七年），朱溫逼唐哀帝退位，大唐江山自此易於他人之手。「赤」即「朱」，李淳風已經算出奪大唐江山的人姓朱，從唐高祖到唐哀帝，大唐前後共廿二帝，全被他算中了。

李淳風也算到大唐皇族會有一場大浩劫，所以在死之前留有一個錦盒給李治，並一再叮囑，如大唐李氏遭血殤之難，可開啟錦盒，遵照錦盒中的方法去做，可保大唐一脈。

李治也知李淳風的臨終囑咐非同小可，於是命人將錦盒用皇家特製的封條封存起來，藏在宮中的一間密室之中。此事從此代代密傳，只有李氏近親長者或皇帝的貼身近侍才知道。

武則天篡唐之時，中宗與睿宗曾想命人開啟錦盒，尋求破解之法，但是武則天只是篡唐，並未滅唐，雖然殺了不少李氏宗親，但她的兒子，還是姓李的。再說了，按李淳風的說法，大唐李氏應該不會那麼快就亡的。

歷史的車輪就這麼慢慢過去了，隨著大唐李氏江山的起起伏伏，李淳風遺留下錦盒一事，已經沒有幾個人知曉了。

唐僖宗即位不久，爆發了濮州（今河南濮陽東）人王仙芝、冤句（今山東曹縣北）人黃巢領導的大起義。

黃巢起義爆發以後，州縣欺瞞上級，朝廷不知實情。各地擁兵的節度使為求自保，坐視觀望，所以起義軍發展很快。後來，黃巢率部南下進攻浙東，開山路七百里突入福建，攻克廣州，而後又回師北上，克潭州，下江陵，直進中原。僖宗雖然對這一局勢也很緊張，但並沒有停止繼續尋歡作樂，甚至在他為逃離長安做準備而任命劍南和山南道節度使時，竟然是用打馬球賭輸贏的辦法決定人選。廣明元年十一月，由於唐軍士氣低落，所以高駢的鎮壓很不力，黃巢起義軍攻克洛陽，十二月，輕易拿下潼關逼近長安。僖宗君臣束手無策，相對哭泣，宰相盧攜因畏懼自殺。田令孜率五百神策軍匆忙帶領僖宗和少數宗室親王逃離京城，先逃往山南（漢中），又逃往四川。僖宗成為玄宗之後又一位避難逃往四川的皇帝。

不久黃巢進長安，建國號大齊，年號金統。而僖宗在四川躲避了整整四年。

在這期間，僖宗得到了喘息，他利用川中的富庶和各地的進獻，組織對黃巢的反撲。義武鎮節度使王處存、河中節度使王重榮等積極組織對黃巢的打擊，出身沙陀族的河東太原李克用也率兵入援以助朝廷，尤其是被僖宗委以京城四面行營都統的鳳翔節度使鄭畋，得到了「便宜從事」的權力，更是積極組織圍攻長安的黃巢。後來宰相王鐸又被任命為諸道行營都統來發動對黃巢的進攻，原來首鼠兩端的藩鎮，也開始為了自己的私利而主動對朝廷表達忠心。

起義軍由於自身存在弱點，加上軍糧不足，內部發生了分歧和分化，一些將領接受了朝廷招安，形勢發生了逆轉。黃巢派駐同州重鎮的防禦使朱溫在中和二年九月投降，僖宗大喜過望，認為是「天賜我也」，封朱溫為金吾衛大將軍，充河中行營副招討使，賜名朱全忠。但僖宗沒有想到，唐朝的江山社稷最終就是被這個朱全忠奪了去。

卻說朱溫降唐之後，見大唐江山風雨飄搖，遙遙欲墜，便起了心思，開始暗中大肆招兵買馬，擴充自己的勢力。

次年，僖宗改封朱溫為宣武軍節度使，加東北面都招討使。之後，朱溫與李克用等節度使聯兵鎮壓黃巢起義軍，自身的勢力也在一步步的擴張。

西元八八八年（文德元年）三月，唐僖宗病死靈符殿，由他的弟弟，壽王李曄即位，是為唐昭宗。

唐昭宗即位時，剛滿廿二歲，他胸懷大志，年輕有為。眼見大唐的江山被一群宦官把持，弄得狼煙四起，民不聊生，也想學著他祖宗唐明皇那樣，來個重整朝綱，復興唐室。

可惜此一時彼一時，如今的大唐已是千瘡百孔，內有宦官弄權，外有權臣相逼，坐在龍椅上的昭宗，縱然有萬般思想作為，也如同被繩索緊緊捆住的勇士，使不出半點力氣來。

內廷宦官把持朝政，最終引來權臣的不滿，雙方勢力達到劍拔弩張的地步。為了消滅宦官勢力，宰相崔胤暗召朱溫帶兵入朝相助。

這個千載難逢的好機會，朱溫豈能錯過？一場殺戮下來，宦官被誅殺得一乾二淨，朝政大全落在崔胤與朱溫的手中。

為了達到篡唐的目的，朱溫開始實施計畫，殺掉了崔胤和一大幫阻礙他的人，完全將大唐的江山控制在了自己的手中。

西元九〇四年（天佑元年）正月，朱溫開始逼昭宗遷都洛陽。昭宗很清楚朱溫的狼子野心，大唐的根基在長安，而並非在洛陽，他以何皇后臨盆在即為由，暫緩遷都。

三月，皇后何氏產下一太子。朱溫多次派人前來欲加殺害，幸眾宮女與內侍拚死相救，方保無恙。這時候，昭宗想起了李淳風對唐太宗說過的那句話，也知道朱溫不會放過任何一個皇室之人，忙命心腹內侍去榮華殿中取來錦盒。

沒多久，內侍取回來一個黃緞包袱，昭宗忙上前拿過包袱解開，見裏面是一個一尺見方，顏色古樸，沒有任何紋飾的盒子。

那盒子拿在手裏還挺重，好像裏面放了不少東西。昭宗打開一看，見裏面只有一封書信，這麼重的一個盒子，裏面居然就只有這一封信。

信封用火漆封口，上面幾個御筆朱批正楷：大唐皇室留宗。

昭宗認出是太宗皇帝的御筆題字，忙拆了火漆，抽出了裏面的一頁宣紙。

宣紙上面的字跡卻不是太宗皇帝的：天佑天不佑，大唐子孫禍，除去木子姓，方保皇族留。

就這麼短短的二十個字，下面的署名是黃冠子。

黃冠子是李淳風的道號，這封信是李淳風留下來的無疑了。信封上的太宗皇帝題字，可想而知當初太宗皇帝對這封信的看重程度。

李淳風不虧是術數大師，把什麼事都料到了。

看著後面的那十個字，昭宗欲哭無淚，想不到大唐李姓子孫，居然淪落到要活命就必須改姓的地步。

何皇后淚水漣漣跪著上前說：「皇上，朱溫賊子篡唐之心路人皆知，如今大唐李氏遭血殤之難，紫金光祿大夫胡三公乃忠義之人，何不請他前來尋求避解之法？」

紫金光祿大夫胡清，在家中排行第三，世稱胡三公。其曾祖胡詠為文宗皇帝時的右散騎常侍，歷三朝。胡清為人正義，當年宦官劉季述弄權，朝廷上下無不怨聲載道，胡清曾在金殿之上大聲痛罵劉季述，歷數劉季述的惡跡，一時間震驚朝野，胡清的忠義之名天下皆知。

劉季述本欲加害胡三公，不料宰相崔胤聯合朱溫，起兵殺了劉季述。在這場誅殺宦官勢力的鬥爭中，左神策軍將孫德昭立下大功，深得朱溫的賞識。

是夜，胡三公在內侍的帶領下，避過朱溫的耳目，來到皇帝的寢宮，見昭宗愁眉不展，旁邊站著抱著太子的何皇后。

昭宗皇帝心亂如麻，大唐的江山隨時都會改姓，如今他們最擔心的，就是樅褓中太子的安危，用什麼辦法才能保太子無恙呢？

胡三公上前跪下：「臣下胡清參見聖上，吾皇萬歲萬歲萬萬歲，娘娘千歲千歲千千歲！」

昭宗皇帝說道：「胡愛卿，都什麼時候了，那些個繁文縟節，我看就免了吧！請起！」

胡三公也知大唐氣數已盡，見皇上與娘娘這副模樣，起身後躬身站在一旁，問道：「聖上深夜召臣下入宮，不知有何要事？」

他望著跪在面前的胡三公，好像想起了什麼，忙走到裏面，將隨身帶的傳國玉璽用黃緞包了，接著從貼身的龍袍上撕了一塊，咬破手指，在那塊龍袍上寫了一封血書，連同那封信一起小心放到盒子裏。

做完這一切，他從何皇后的手中抱過太子，交給了胡三公，哽咽著說道：「胡愛卿的忠義之名，朝野皆知，怎麼奈朕受制於賊子，一直未能予以厚報，實乃朕之過錯，今朕以太子相托，望胡愛卿看在你我君臣一場的份上，將太子帶至鄉里，隱名埋姓終其一生。切不可讓外人得知其身世，如此可保我大唐皇族一脈不絕……」

話未說完，已經與何皇后抱著哭成一團。

卻說朱溫幾次派人想暗殺太子，都沒能殺得成，他的心裏雖然不痛快，但也不急於下手，反正昭宗和那些李姓皇子王孫，都是他砧板上的肉，只有任他宰割的份。只要到了洛陽，找個好一點的機會，一個都不放過。

就在昭宗與何皇后相擁而哭的時候，負責皇帝寢宮守衛的金吾上將軍孫德昭，剛好巡視到寢宮，聽到裏面傳來哭聲，忙摒退左右，隻身推開了寢宮的門。門內的三個人看到持劍進來的孫德昭，都驚呆了。昭宗早已經失去了皇帝的威嚴，大著膽子問道：「你……你進來幹什麼？」

孫德昭以前是曹州指揮使帳下的都統，後來跟了朱溫，他雖是朱溫的人，可對朱溫的所作所為也深惡痛疾。眼前的一切，他已經看得明明白白，昭宗皇帝是想將一個多月大的太子交給胡三公帶走，以免遭到朱溫的毒手。他轉身把門關上，還劍歸鞘，跪下說道：「聖上勿驚，我並非朱溫親信，當年我祖上隨太祖皇帝起兵太原，後官封靈都尉，我父乃汝州太守孫潛，黃巢賊兵攻破汝州時，攜全家十九口殉國……」

昭宗見是忠良之後，忙上前扶起孫德昭，說道：「將軍請起！方才將軍仗劍進來，還以為是朱溫賊子的爪牙前來相害！」

孫德昭並未起身，看了一眼跪在旁邊抱著太子的胡三公，說道：「皇上，外面都是朱溫的人，胡三公一個人要想帶太子出去的話，恐怕很難走得脫，如皇上不棄，臣下願拚死保護太子無恙！」

他見昭宗面露驚疑之色，從腰間拔出一把匕首，「唰」的一下切下一截小手指，接著說：「我孫德昭以祖上的名譽發誓，此生對大唐若有二心，人神共棄，死於亂箭之下！」

昭宗見孫德昭發了這樣的毒誓，忙說道：「將軍切勿多心，朕剛才只是擔心此事，並未懷疑將軍的忠心！」

孫德昭說：「事不遲疑，我們馬上就走，方才寢宮內的哭聲，已有多人聽見，恐怕此刻已有人前去報告給朱溫了！」

昭宗見事態緊急，對孫德昭說：「那就有勞將軍了！」

何皇后將那個盒子和一些珠寶首飾用布打成一個包裹，交給胡三公，有了這些珠寶首飾，太子這輩子都將衣食無憂，用不著跟普通人那樣，為了生計而奔波勞碌。

胡三公背著包袱，將太子貼身藏於胸前的衣內，朝皇上和娘娘磕了幾個響頭後，起身跟著孫德昭離開了寢宮。

有孫德昭在，一路上遇到幾撥人馬，都被他巧妙應付過去了。好在胡三公懷中的太子仍在熟睡當中，並未發出哭聲驚動別人。孫德昭也知道這種局面維持不了多久，只催胡三公快走。

兩人出了長安城沒走多遠，一隊舉著火把的軍士從側面追上來，為首的一個將軍高聲叫道：「孫德昭，主公那麼信任你，想不到你是一條養不熟的狗！」

孫德昭拔出劍，大聲叫道：「我家世代深受大唐恩寵，生乃大唐的人，死乃大唐的鬼，豈可與你等賊子同流合污！」

他揮劍上前，砍翻了幾個軍士，待那騎馬的將軍衝過來時，飛身而起，劍走偏鋒，斜裏刺中那將軍的頸部。鮮血狂噴之中，那將軍的屍體一頭栽倒馬下。

領頭的人一死，軍士四下逃散。但是喊殺聲早已經驚動了朱溫，他得知孫德昭帶著一個從皇帝寢宮裏出來的人要逃走的消息後，親自帶人殺了過來。

孫德昭搶奪了馬匹，交給胡三公，說道：「胡三公，快上馬！」

在他們的身後，無數火把映紅了半邊天，喊殺聲響徹天宇。

胡三公上了馬，對孫德昭說道：「孫將軍，那你呢？」

「別管我，快走！」孫德昭在馬臀上拍了一掌，那馬長嘶一聲，揚蹄向夜幕中奔了出去。

孫德昭轉過身，望著如海潮一般奔湧過來的人，嘴角浮起一抹冷笑。右手握緊了長劍，一步步向前迎了上去。

在夜幕的保護下，胡三公策馬狂奔，終於擺脫了身後的追兵。他不敢走官道，只揀小路往東南方向走。天明時分，胯下那馬發出一聲悲鳴，口吐白沫撲倒在地。所幸胡三公有所防備，才沒有被摔著。

用不了多長時間，那些追兵就可能追上來，胡三公身著一身官服，一眼就被人認出來。他脫掉外面的官服，往前走了一段路，見路邊有一家農戶，忙上前敲開門，開門的是一個壯漢，手裏拿著一把大刀，一副很警惕的樣子。

胡公公從身上拿出一些碎銀子，對壯漢說道：「我乃福建客商，途中遭遇匪兵，除我與幼子外，全家皆被殺害，我這身衣服最能引人注意，可否賣一套衣服給我？」

壯漢看了看他，也不說話，回頭從屋內拿出幾件衣服。胡公公換了衣服，將原來的衣服用布包了，塞到豬圈的豬糞裏。

這時，餓極了的太子哇哇大哭起來。事有湊巧，這家的農婦剛生過孩子，奶水很足，聽到孩子的哭聲後，從內屋走出來，歎了一口氣說道：「可憐，可憐，小小年紀就遭此劫難！」

農婦從胡公公手裏接過太子，進屋奶太子去了。

那壯漢說道：「你不是福建客商，你乃朝廷命官，你雖脫去了外面的官服，可你那官靴卻出賣了你，說，你到底是什麼人？」

胡三公看了一眼穿在腳上的官靴，想不到這山野之中的人，竟然這麼精明，當下驚慌不已，說道：「我乃朝廷左諫議大夫方玉謙，因……」

這時候，後面響起急促的馬蹄聲，晨光中，一隊官兵飛馳而來。

那壯漢見胡三公臉色大變，說道：「想必是追你而來的，你且先到我屋後躲避，我來應付他們！」

胡三公忐忑不安地躲到屋後去了。

少頃，一隊官兵來到屋前，領隊的軍官攔住正扛著農具出門的壯漢：「喂，你看到一個抱著不滿周歲的孩子，四十歲左右的男人過去沒有？」

壯漢回答道：「我剛起來，沒看見，不過天明時分，我好像聽到有馬蹄聲經過，好像還不止一匹馬！」

一個軍士對那軍官說道：「胡清一定有人接應，否則他不可能走得那麼快！」

那軍官揮手說道：「快追！」

一行官兵急馳而去，很快消失在山道的盡頭。

那壯漢見官兵走遠，轉到屋後看著胡三公，說道：「你不是左諫議大夫方玉謙，你乃紫金光祿大夫胡清！」

胡三公驚道：「你是何人，為何知道我的官諱？」

一般山野農夫，沒有人知道朝廷官員的官諱。

那壯漢說道：「胡大夫莫驚，我叫黃柏，我父親乃僖宗皇帝時的禮部侍郎黃浩，因諫僖宗皇帝恭迎佛骨而遭貶為平民，我乃當朝光化三年的武舉人，因無錢賄賂官員，只落得有個武舉人的空名，無法報效國家。如今自耕自種，倒也落得逍遙自在。我雖是一魯莽之人，可胡公的忠義之名，天下皆知，剛才我就已經看出你是騙我，要真想加害於你的話，就不會用謊言將那隊官兵騙走了！」

聽黃柏這麼說，胡三公放下心來，但他仍不敢說真話：「實不相瞞，我正是紫金光祿大夫胡清，因不滿朱溫把持朝政，欲聯絡各李姓諸王重整朝綱，不料事敗，方遭朱溫派兵追殺！」

「原來是這樣！」黃柏說道：「如今四處都是朱溫的人，你一個大男人，抱著這個孩子，就算能夠躲得過他們的追殺，可這個孩子要是餓了怎麼辦？」

這可是個大問題。現今兵荒馬亂的，到處都是遭兵匪洗劫的村子，走上幾十上百里地，都很難見到一個活人，大人倒可以忍饑挨餓，可一兩個月大的孩子，是餓不得的。

黃柏見胡三公面露難色，於是說：「胡大夫，你若信得過我的話，先把孩子放在我這裏，賤內剛生育完孩子，奶水充足，哺養兩個孩子不成問題。至於你，可去前面山腳下的岩洞中躲藏，我早晚送飯給你！他們正四處找你，都以為你往別處去了，現在你躲在這裏，他們怎麼都想不到。」

胡三公想了一會兒，為今之計，也只有這樣了。他雙手抱拳對黃柏說道：「黃義士的救命之恩，胡某無以為報，怎麼敢再煩勞？」

黃柏說道：「說什麼煩勞不煩勞的，比起胡公的忠義之名，我差遠了。這裏距離長安也就兩三百里地，我可以托人打探那邊的情況……」

胡三公想不到這一夜的狂奔，也就跑出兩三百里地，他疲憊地點了點頭，按黃柏的指引來到位於山腳下的一個石洞中。

石洞並不大，也不深，高約兩三丈，深約五六丈，雖在山腳，但並不潮濕，最裏面墊了一層厚厚的乾草，還有石頭砌成的鍋台，想必經常有狩獵的獵人在這裏過夜。

胡三公在石洞內住了下來，他以為住上一兩個月就行了，誰知道這一住就是一年多。

幾天後，黃柏來到山洞，帶來了令胡三公痛不欲生的消息：金吾上將軍孫德昭的首級懸在長安城南門外，屍體曝曬三天後扔入渭水，朱溫得知胡三公出逃後，命人殺了他全家廿六口，連兩歲的小孩都沒有放過，除此之外，還殺了與此事有牽連的太傅胡勉和尚書令方誠等大小官員廿七人。

胡三公聞訊大哭，跪在地上朝長安城磕頭不已。當黃柏去扶他的時候，他的額頭鮮血直流，整個人癱軟在地上，站不起來了。

那種瞬間失去家中所有親人的痛，是一般人無法體會得到的。

過了好一陣子，黃柏才說：「胡公，賤內所奶的孩子，並非你的兒子，而是當今太子！」

胡三公也知事再也瞞不過，微微點了點頭，啞聲說道：「如果你把我和太子獻給朱溫，高官厚祿任你選……」

黃柏慍道：「胡公，你把我黃柏想成什麼人了？朱溫賊子禍害天下，人人得而誅之，我黃柏雖非聖賢之人，但也知曉禮義廉恥，絕非那種見利忘義的小人。

胡公，你且安心在這裏住下，待事情有所緩和之後，再做道理！」

是年六月，朱溫逼昭宗皇帝遷都洛陽，他還下令長安全體居民也要一起遷走。接著，他命人把所有長安的建築物拆毀，木料都投入渭水，漂浮而下，進入黃河運往洛陽。那整齊的街道，繁華的市場，瞬間變成了殘垣斷壘和堆堆瓦礫，巍峨的長安城遭到了又一次的大浩劫。

遷都的途中，朱溫誅殺了大批李姓皇族和那些不聽他話的官員，進一步鞏固了他的權勢。

胡三公聞訊，跪在洞口望長安哭了三天三夜。

之後，他咬破手指，將這些事寫在了一張宣紙上，把這張記載有千古懸疑的紙，捲成筒塞入竹筒中，用蠟封口，最後將竹筒放進石洞中的一個岔洞中，用石頭封住岔洞口，再用黃柏送來的糯米團熬成粥，和上黃土，把岔洞口的石頭糊嚴實。這樣一來，就沒有人輕易拿走那個竹筒了。一千多年後，苗君儒帶著幾個學生到這邊來考古，為避雨來到這個石洞中，一個偶然的機會，打開了那個岔洞，從而得知了傳國玉璽具體失蹤的原因，這是後話了。

外面的時局仍然很亂，胡三公在山洞中度日如年，每天用石頭在石壁上做記號計算著日子。不知不覺，時間就過去了一年多。這時候的他，鬚髮蓬亂衣衫襤褸，形同乞丐，縱是當年的熟人再遇到他，也認不出來了。

太子在黃柏夫婦的哺育下，長得很健康，開始牙牙學語。

胡三公知道在這裏並非長久之計，見太子斷了奶，便起了帶太子回鄉的念頭。在一個霧氣籠罩這蒼茫大地的清晨，他帶著太子，告別了恩人黃柏夫婦，踏上了千里回鄉之途。

一路上風餐露宿，歷盡千辛萬苦，終於回到徽州那處離開了二十多年，留下無數童年記憶的小村莊。可是呈現在他面前的，是無數殘垣斷壁，瑟瑟風中，那些隨風飄零的落葉與雜草，似乎在向人述說著發生在這裏不幸與苦難。

向鄉人打聽之後，胡三公才知，早在一年前，就有一隊朝廷的官兵來到這裏，將全村男女老少殺得乾乾淨淨，村口那座大土堆裏面埋的，就是全村大小兩百零八人的屍首。

胡三公來到大土堆前，跪在地上流淚不已，若不是因為他，全族何至於遭此橫禍？他愧對列祖列宗。

自古以來忠孝不能兩全，在大義面前，他相信土堆中兩百零八個冤魂能夠理解他的苦衷。

站在他身後的太子似乎明白了什麼，緩緩跪了下去。

胡三公見狀，忙扶起太子。太子乃千金之軀，怎可向平民百姓行此大禮？

兩人相擁而立，胡三公極目四望，這萬里河山之中，還有他們兩人的立足之地嗎？

此地不宜久留，胡三公背著太子，沿山路繼續往南走。翻過了幾座大山之後，來到一處只有幾戶人家的小村莊。又累又餓的胡三公來到一家人的院門前，剛要敲門，突然頭一暈，身體一歪，就不醒人事了。

當他醒過來時，見躺在一張床上，床前站著太子和一個和藹的老人。

老人和顏說道：「你終於醒過來了！」

胡三公虛弱地問：「請問老丈，這是什麼地方？」

老人說道：「此地叫考川，三天前客官帶著這個孩子暈倒在我家門前！」

（作者注：考川今叫考水，位於江西婺源境內，距縣城約十五公里）

胡三公說道：「多謝老丈救命之恩，我胡三……」

老人目光如炬，低聲問道：「你是否遇上大悲之事？」

胡三公問道：「老丈何以得知？」

老人說道：「我替你把過脈，你脈象虛弱無力，乃勞累所致，可你的心脈雜亂，且目色赤紅，此乃悲傷過度之相。」

胡三公說道：「實不相瞞，我乃外地客商，為避兵禍攜家南逃，可途中遭遇兵匪，全家被殺，只有我帶幼子逃出！」

老人點頭道：「難怪如此！不知客官究竟要逃往何處？」

胡三公說道：「只想尋求一個避世之處，將此子養大成人便可！」

老人笑道：「考川地處崇山峻嶺之中，歷年兵禍都難波及至此，一年到頭也難見到一個生人，客官難道還想逃到哪裏去？」

他手上出現一個包袱，接著說道：「這是客官的包袱，包袱雖不大但卻較重，客官可查看一下，是否少了什麼東西？」

胡三公微微一驚，若老丈看過他的包袱，就知道他真實的身分了，當下接過包袱，也不打開，只放在枕邊。

老丈接著說：「你的身體還很虛弱，要精心調養一段時間才行！」

胡三公見老丈慈眉善目，並非奸惡之人，遂問道：「敢問恩公尊姓？」

老丈說道：「老漢我姓潘，今年六十有八，會點岐黃之術，當地人稱潘神醫！」

不虧是神醫，單從脈象上就猜到胡三公身上發生過什麼事。

潘神醫膝下無子，只有一女，早已嫁到鄰村。

胡三公的身體恢復之後，見這裏的村民忠厚淳樸，且正如潘神醫所說的，這裏地處偏僻，一年到頭也難見到一個生人，於是帶著太子安心住了下來。

在考川村民的眼裏，他們是一對逃難到這裏的父子。為了維持生計，胡三公開了一家私塾，教授臨近幾個村子的小孩子讀書。

潘神醫見胡三公一個大男人帶著孩子，既當爹又當娘的，生活有諸多不便，便四處張羅著想要他續個弦。可他卻始終牢記自己的使命，謝絕了潘神醫的好意，一心一意撫養太子。

胡三公遵照昭宗皇帝的聖意，將太子改姓胡，取名昌翼，喻「大得覆翼」之義。

胡昌翼自幼天資聰穎，過目不忘，熟讀四書五經。時光如梭，轉眼間十幾年過去了，太子長大成人。

後唐同光三年，廿二歲的胡昌翼考取進士，正當朝廷舉賢受職之時，傳來胡三公病重的消息。胡昌翼忙向後唐莊宗皇帝請假回家侍父，以表孝心。

胡三公深知自己不久於人世，他不想讓那個秘密隨著他而埋入地下，在病榻前，他要胡昌翼挖開牆壁，從裏面拿出那個藏了十幾年的木盒子。

打開木盒子，裏面有昭宗皇帝的血書，李淳風留下的那封信。看過血書和信之後，胡昌翼什麼都明白了，他淚流滿面跪在病榻前，朝胡三公連磕九個響頭。

胡三公指著盒子裏用黃緞包著的東西，要胡昌翼打開。胡昌翼解開黃緞，出現在他面前的，是一個一尺見方，高約六寸的玉印，玉印的玉色溫潤，在光線的照射下，周遭出現幾道七彩光暈。玉印上伏一條仰首五爪虬龍，周邊側壁為陰刻祥雲圖案。他拿起玉印，翻過底邊，見下面是八個篆體陰刻字：受命於天，既壽永昌。玉印的下方一角用黃金鑲裹，旁邊隱約有裂痕，底邊一線鑲著黃金，也雕了一些雲狀紋飾。

有關於傳國玉璽的故事，胡昌翼是知道一些的，《史記》與《漢書》上也有相關的記載。他怔怔地看著手中的傳國玉璽，說不出話來。血書與傳國玉璽這兩樣物件，是證明他乃李唐皇室的最好憑證。

胡三公的聲音微弱：「你且收好，此物切不可旁示於人，歷來兵亂，都與此物有關，玉璽雖是聖物，卻也是人世間的不祥之物呀！」他接著說：「朱溫賊子早已經死了，國仇家恨，一切都已煙消雲散。我死後，你可恢復李姓，畢竟你是李氏皇子！」

胡昌翼哭道：「父親，大唐江山早已換姓，我雖李唐皇室，但深感父親養育之恩，既然先皇遺書中已准我改姓，又何必改回去呢？自我之下所有子孫，世代姓胡，永不改姓！」

胡三公死後，胡昌翼守孝三年，他自知乃帝室之胄，又何必屈尊於別人之下，令先人蒙羞呢？於是在考川村中修建了一所書院，專心教書講經，結交鄉野隱士，拒不出仕，世稱「明經翁」。

北宋咸平二年，胡昌翼無疾而終，享年九十有六。臨終之時叮囑兒孫，為報胡三公養育救命之恩，切不可改回李姓。他死後，其子按其吩咐，將其葬於考川村對面的黃杜塢，墓地為鳳字形，其墓為八卦狀，墓呈半球形，面貼龍鱗青磚。墓葬頂為太極圖，側圍為八卦符。墓前正對考川村背後的瑪瑙峰，背靠連綿數十公里龍形山，左青龍右白虎，藏風聚氣。

在當時，沒有幾個人知道這座八卦墳的寓意。一千多年後，當苗君儒站在這座八卦墳前，看出八卦墳的玄機之後，也不禁驚歎墳墓主人的精明與苦心。

考川村自此一直重視教書育人，有南宋理學大師朱熹曾拜題考川為「明經學校，詩禮人家」的題詞為證。

到了西元一三一〇年，考川村人胡澱為紀念始祖明經進士胡昌翼，同時也是紀念朱熹的題詞，擴大修建了「明經書院」。知州黃惟中還呈請朝廷賜「明經」

額匾。一時「四方學者雲集」，「歷數年，學者至盈千人」，成為中國四大書院的後起之秀。它曾有一個「進士走廊」的赫赫聲名，是宋、元、明、清四朝代的「翰林院」，光從這兒走出去考中進士的就有八百餘名，無怪乎當時的天下學子對這所「金字塔」趨之若鶩。

受明經書院影響，考川在歷史上還先後建有石丘書院、雲峰書院、藏書樓、藏雲樓和精舍、文昌閣，可惜都先後毀於兵火。洪武二十年的《明經胡氏宗譜・序》中曰：「考川富貴繁麗，吾無所羨；惟比屋書聲，他處所無，為可敬羨耳。」

據後世考證，婺源周邊一府六縣（徽州府、歙縣、黟縣、績溪、休寧、祁門、浮梁）的胡姓子孫，皆出自考川（後稱考水），世稱「明經胡」。後世胡氏子孫繁衍，做官為商者眾多。最出名的莫過於清朝的紅頂商人胡雪巖和民國大學者胡適，胡適還公開承認自己是「李唐後裔」。

「明經胡」的子孫們只知道自己是皇族後裔，並不知道他們的祖上還保留著一個天大的秘密。

第二章

傳國玉璽之謎

有關傳國玉璽的傳聞紛雜眾多，無法辨其真偽。
歷史上的說法，胡清全家被朱溫所殺。
可石壁上的字，卻顯示胡清還活著，
也就是說，民間傳聞有可能是真的。
傳國玉璽和太子一起，被胡清從皇宮中帶出來了。

民國三十三年十二月（西元一九四四年），北大著名考古學教授苗君儒，帶著幾個學生，在距離古都西安兩百多里地灞水邊上藍田縣進行考古。

幾個月前，北大的另一名考古學教授李明佑，在這個叫陳家窩的地方，挖掘一座漢代御史大夫的墓葬時，於墓葬邊上的紅土中發現了一個遠古人類的化石，還有一些古生物化石和舊石器。李明佑對這幾樣東西並不感興趣，只帶回陪都重慶，請住在北大臨時校區內的苗君儒幫忙做一些鑒定。

當苗君儒見到那個老年男性的頭顱化石時，他驚呆了，以他的經驗判斷，這個頭顱大約距今五十萬年以上。如果在那地方還能夠挖出類似的人類骨頭化石的話，那可是一個舉世震驚的考古發現。藍田縣也許是人類始祖的發祥地之一，可將以前證明的黃河流域人類生活史，往前推二十到三十萬年。

他不顧中日大戰正酣，帶著幾個學生從重慶來到了這裏。扒開那一層層紅土，他仔細地尋找著每一個可能出現的奇蹟。

這時候，一個站在山頂負責警戒的學生，氣喘吁吁地跑了下來，大聲叫道：「老師，老師，前面山谷裏出現了一隊日軍，好像有兩三百人，正朝我們這個方向來了！」

苗君儒放下手中的工具，對那個學生說：「你趕快去前面的村子裏，向那個八路軍連長報告！要他們趕快轉移！」

前面的小村莊是八路軍的一處後方醫院，有半個連的八路軍負責保護。那些日軍一定是得到漢奸的情報後，派兵過來偷襲的。

苗君儒只是一個專心研究考古學的學者，從不關心政治，對國共兩黨都沒有成見。國難當頭，只要是抗日的中國人，他都很敬重。就在前天，他還與那個八路軍的連長一起喝酒呢。

那個學生領命飛奔而去了，另一個學生問：「老師，那我們呢？」

苗君儒望了一眼身後的山林，說道：「日本人是衝著八路軍來的，只要我們躲在山林中，不讓他們看到，就沒事！」

他帶著三個學生，收拾好工具，躲入了右側的山林中。他們在山林中走了一陣，來到一處峭壁的下面。

一個學生說：「老師，前面沒路了！」

苗君儒說：「先休息一下，等看情況我們再去別的地方！」

幾個人坐在地上，一個學生內急，見左側的峭壁下面有一處茅草長得很茂盛，便想鑽到茅草裏解決，剛一鑽進去，就見到茅草後面的那個山洞。

苗君儒聞訊趕過來，見這個山洞的洞口被一大叢茅草遮掩著，若不撥開茅草鑽進去，誰也發現不了這個洞。

這個不起眼的山洞，是一處理想的避身之所。

幾個人剛進山洞，就聽到山那邊的槍炮聲響起來了，而且越來越激烈。他們坐在山洞裏，除了擔心山那邊的戰事，倒也無事可做。

山洞內有人類生活過的痕跡，一個學生帶著好奇心往裏走去，在一處洞壁上發現了一些符號，還有幾個文字，他見那幾個字雖字跡模糊，但依稀之間，能分辨出字體的風格，筆法蒼勁有力，寫字之人具有一定的文化底蘊，忙叫道：「老師，這裏有文字！」

苗君儒來到那石壁前，看著上面的符號和文字，上面的符號是用來計數的，文字只有六個字：天佑二年胡清。

他頓時大驚，喃喃道：「怎麼是他？」

一個學生問道：「老師，胡清是什麼人，照這些符號看，他應該在這裏住了一年多。」

苗君儒點了點頭，他雖是考古學者，但對歷史精通，看過不少有關唐史方面的書籍，他想起在一本野史上看到過胡清這個名字。唐昭宗時期，宦官劉季述弄權，紫金光祿大夫胡清曾在金殿之上痛罵劉季述。後來朱溫逼唐昭宗遷都洛陽時，曾大開殺戒，殺了不少李氏皇族和大臣，還殺了胡清一家。自那以後，歷史上就再也沒有關於胡清的記載。不過民間傳聞，胡清是受昭宗之命，攜傳國玉璽帶太子出逃的。

據歷史記載，秦始皇滅六國後，將和氏璧雕刻成玉璽，命丞相李斯刻小篆「受命於天，既壽永昌」八字於其上，這塊玉璽就是後人所稱的「傳國玉璽」。

秦末天下大亂，泗水亭長沛公劉邦先入咸陽，接受秦王子嬰投降，子嬰獻上傳國玉璽。自此，此璽歸漢。漢代諸帝代代相傳，均以此璽為皇帝信物（即憑證）。西漢末年，王莽篡漢，向其姑、漢太后王氏索要此璽，王太后怒擲於地，損其一角，王莽以金鑲之。光武帝劉秀建立東漢政權，此璽復歸於漢。

東漢末年，何進謀誅宦官之亂，漢少帝出宮避難，返宮後遍尋此璽而不得。不久，十八鎮諸侯討董卓，攻入洛陽，長沙太守孫堅部下自甄宮井中投井而死的宮人身上搜得此璽。自此，傳國玉璽歸孫堅。後孫堅戰死，其子孫策以此璽作抵押向袁術借兵，此璽歸袁術，引得袁術大白天做起皇帝夢來。不久，袁術敗亡，璽歸於曹操。三國歸晉，璽隨之歸於西晉。歷經五胡十六國的殘酷血腥，此璽歸於東晉。此後宋、齊、梁、陳相繼短暫擁有，隋滅陳，此璽歸隋。隋末大亂，高祖李淵父子乘亂而起，建立唐朝，傳國玉璽也歸入李唐皇宮。李淵改「璽」為

「寶」，「傳國寶」從此也便成為唐代二十帝代代相傳的信物。唐亡後，至五代後梁、後唐時，玉璽失去了蹤影。

有關傳國玉璽的失蹤之說，歷史上有三種說法：一、後唐末帝李從珂自焚之時，玉璽便失蹤。二、西元九四六年後晉出帝被遼太宗捕獲之時丟失。三、傳國玉璽是在元順帝手上再度失蹤的。據《二十五史綱鑒》載：西元一三七〇年五月，明軍橫掃漠北直搗應昌之時，繳獲元順帝出逃所帶到漠北的一批珠寶。其中既沒有元朝的諸帝之玉璽，又沒有傳國玉璽。由於傳國玉璽的下落不明，明、清兩朝均沒有傳國玉璽。是故明朝開國時，明太祖朱元璋有三件憾事，其中首件就是「少傳國之璽」。

千百年來，有關傳國玉璽的傳聞紛雜眾多，誰也無法辨其真偽。

考古學的宗旨就是探尋歷史，還原歷史真相。身為考古學者，對於傳國玉璽的失蹤之謎，肯定也是很關注的，只是很多歷史真相，早已經埋沒在歷史的長河中，任你多麼努力都無法找尋了。

按一些歷史資料上的說法，胡清全家被朱溫所殺，本人也未能倖免。可石壁上的字，卻顯示胡清在天佑二年還活著，也就是說，民間傳聞有可能是真的。傳國玉璽和太子一起，被胡清從皇宮中帶出來了。

胡清為什麼要躲在這裏避禍呢，他真的攜帶玉璽與太子出逃了嗎？如果能夠證明傳國玉璽與胡清的關係，無疑揭開了一個封存了一千多年的秘密，也將推翻原來那些關於傳國玉璽的種種傳聞。這在國內考古界，那可是一場大地震。

幾個學生見苗君儒發呆，也不敢亂說話。過了好一陣子，苗君儒回過神來，才說道：「在洞內找找，看看還能找到別的什麼。」

幾個學生趕緊忙活起來，用工具在地上挖掘，可挖來挖去，除了一些陶罐碎片外，再也沒有別的發現。

一個學生說：「老師，你還沒有對我們說，那個胡清是什麼人呢？」

苗君儒說：「是唐末紫金光祿大夫，民間傳聞他與朱溫逼唐昭宗遷都前，奉唐昭宗之命，攜傳國玉璽帶太子出逃！」

就這麼短短的幾句話，幾個學生的臉色大變，呼吸頓時急促起來，那個問話的學生接著問道：「老師，所以你懷疑胡清把傳國玉璽藏在這裏？」

苗君儒說：「我只想找到證明他與傳國玉璽有關係的證據！」

那個學生說：「剛才我們把洞裏的地面挖了一遍，什麼都沒有呀！」

另一個學生往石壁上一靠，說道：「傳國玉璽那麼珍貴的東西，他怎麼會埋得那麼淺呢？要不我們明天……」

他的話沒有再說下去，他轉過身，眼睛直勾勾地望著身後的洞壁，只見他剛才靠過的那地方，明顯凹進去了一大塊，地上掉了一些塊狀的石屑。苗君儒上前撿起一塊掉下的石屑看了看，認出這是一種古代用糯米粥和黃土攪和成的灰泥。這種用糯米粥與石灰黃土和成的灰泥，其黏性極強，乾後密封程度極好，而且不會滲水。古代絕大多數墓葬，無論大小，都是用這種灰泥砌成的。挖掘的時候，縱然用利鎬去挖，一鎬下去，也只震得雙手生疼，墓磚紋絲不動。

他仔細看了一下，見手中的灰泥呈紅黑色，沒有白點，顯然裏面缺少了石灰。這種缺少石灰的灰泥，黏性會大打折扣，又歷經這麼多年，難怪碰一下便掉下一些來了。

那個學生驚喜地說：「老師，我們該不會那麼好運，遇上本世紀最偉大的考古發現吧？」

另一個同學已經拿來了工具，用力將那地方挖開。隨著一塊塊的石塊被掰落，洞口漸漸大了，那個學生叫道：「老師，裏面有東西！」

他伸手進去，掏了一個圓柱形的東西出來。幾個人定睛一看，是一截竹筒，顏色暗黃，年代已經很久遠了。竹筒的一端是未貫通的竹節，另一端用蠟封口。他把竹筒遞給苗君儒：「老師，你來開啟！」

苗君儒接過之後，用刀子小心剜開蠟封，見裏面有一張捲成筒狀的紙。若竹筒是胡清留下的，那麼這竹筒中的紙已有一千多年的歷史。他不敢用手直接把紙取出來，怕紙張在一碰之下變成碎片。

在地上鋪了一層布之後，苗君儒用鑷子小心翼翼地將那張紙從竹筒中取出，他全神貫注，深怕一絲疏忽會帶來難以預料的後果。

終於，那頁薄如蟬翼的紙，在幾雙眼睛的注視下緩緩打開了。紙上有十幾行字，由於年代久遠，都已經模糊不清了。

在放大鏡下，苗君儒仔細辨認著每一個字，他越看越心驚，想不到民間傳聞是真的。這頁字跡模糊的紙上，清楚地寫明了胡清奉昭宗皇帝之命，攜傳國玉璽和太子，在金吾上將軍孫德昭的幫助下逃離長安，途中幸遇黃柏，不得已在此洞中住了一年多時間的所有經過。

只可惜在這頁紙上，胡清並沒有寫明將傳國玉璽放在什麼地方，也沒有寫會將太子帶到什麼地方去。

洞內突然旋起一陣風，苗君儒眼見那張紙在手中化為粉塵。他感到非常可惜，這麼重要的歷史物證，居然瞬間消失不見了。

一個學生說道：「老師，胡清離開了這裏，一定將傳國玉璽帶走了，我們只要找到他落腳的地方，就一定能找到傳國玉璽的下落！」

話雖這麼說，可一千多年的歷史，怎麼去找呢？

外面的槍炮聲不知什麼時候已經停了，不知道那些八路軍傷患安全撤走沒有。夜色也漸漸暗了下來，借著洞外的最後一線亮光，苗君儒要幾個學生打開行李包裹，取了一些硫磺粉撒在石洞口，為了防止晚上蛇蟲爬進來傷人。

他們不敢生火，怕被日軍發現。只點了一盞馬燈，將光線調到最小。有外面的茅草遮著，這麼微弱的光線，一般不會有人看到。

雖是九月的天氣，可山區的夜裏有些寒冷。石洞裏飄盪著一股很濃的硫磺味，倒也沒有蚊子。幾個學生相互依靠著，聽苗君儒低聲說著有關傳國玉璽的傳說，不知不覺之間，沉沉睡去。

苗君儒沒有半點睡意，想著那張紙上的內容。他可以肯定，傳國玉璽確實被胡清從長安帶出來了，至於流落到哪裏，也只有從胡清身上去尋找線索。

也不知什麼時候，洞外傳來窸窸窣窣的聲音，他一驚而起，拔出那支用來防身的勃朗寧手槍，一個健步衝到洞口，輕輕撥開茅草極目望去。在皎潔的月光下，隱約可見前面的樹林中有幾個舉著火把的人在走動，並傳來說話聲。

行。

苗君儒伏在那裏一動也不動，不管對方是什麼人，只要對方沒有發現他就

一個聲音說：「他們應該就在這邊的山林裏的！」

另一個聲音說：「連屍首都沒見一具，他們會不會被日本人抓去了？要不我們回去吧，都找遍了，還是沒有哦！」

原先那個聲音說：「要不我們喊喊看？也許他們就在這山林中！」

另外兩個聲音同時叫起來：「今夜是月圓之夜，山神他老人家一定會出來吸收天地靈氣的，前兩天村裏有好幾個孩子不見了，都說是山神召去了。我們沒有遇到他老人家就算不錯了，你想把他老人家喊出來呀！快走，快走，大不了明天……」

聲音未落，傳來一聲慘叫。在這樣寂靜的夜裏，這慘叫聲顯得格外的嚇人。與此同時，槍聲響起。

淒厲的槍聲已經驚動了睡在洞裏的三個學生，他們一躍而起衝到洞口。其中一個學生冒冒失失地要衝出去，被苗君儒一把按住。

苗君儒低聲說道：「不要衝動，看情況再說！」

在離洞口不遠的山林中，幾個人舉槍朝一個高大的黑影射擊，邊打邊逃，那

黑影似乎不懼槍彈，飛快衝上前，抓住一個人活生生撕開兩半！沒幾下，那幾個人就先後命喪黑影之手。剩下的最後一個人，向苗君儒他們藏身的地方逃來，邊逃邊朝後面開槍。

苗君儒低聲對身邊的一個學生說道：「把我那個黑色土布包袱拿過來，你們幾個不要出去，多撒些硫磺在洞口，點幾個火把，必要時候把那馬燈裏的油澆到茅草上，點燃茅草！」

說話間，那個高大的黑影，以一種極快的速度向那個人的身後撲到。

苗君儒衝出洞口，右手連扣扳機，勃朗寧手槍中的子彈盡數射中那黑影。那黑影的身形稍稍一挫，饒是如此，那個人的背部仍被黑影抓中，慘叫一聲倒在地上。

苗君儒縱身而起，雙腳連環踢出。在他丟掉手槍的時候，就已經知道這個高大的黑影並非人類，即使是什麼人形巨獸，在中了那麼多槍的情況下，也不可能像這樣安然無恙。

考古這麼多年，他接觸過許多古古怪怪的事，也知道這世間除了人類之外，還有一些「東西」，是無法用科學來解釋的。

雖踢中那黑影，卻如同踢在鐵板上一般。若論他的武功，就算是一塊三寸厚的青石板，也經不住他的一腿。可是那黑影連中他幾腿，卻只往後退了幾步。

「老師，你的包！」一個學生叫了一聲，將黑布包凌空扔了過來。

就在苗君儒伸手抓住包裹的時候，一陣惡臭的勁風迎面而來，那黑影撲上來了。他縮身一側，堪堪躲過了黑影的一擊。

這黑影的攻擊速度極快，幸虧是苗君儒，若是換了別人，只怕一見面便遭其毒手。

在洞口那邊，三個學生將那個受傷的人抬進洞去，隨即點燃了洞口的那蓬茅草。茅草燃燒起來，火光照亮了洞口所有的景物。

苗君儒退到一棵松樹下，看清了剛才跟他過招的黑影，是一具身材高大，穿著古代人服飾的腐屍。

他以前也見過不少殭屍，可面前的這具腐屍，不但身體不僵，相反行動還挺快。

茅草燒起的時候，腐屍向後一退，躲進了樹叢中。儘管與殭屍不同，可也與殭屍一樣畏懼火光。

那堆茅草燒不了多長時間，也許用不了多久，腐屍會再次撲上來。

這點時間對於苗君儒來說，已經足夠了。他從黑布包裹中取出幾樣東西來，八卦鏡、陰陽傘、桃木劍、一碗糯米。這些都是道士用來做法的工具。

幾年前，苗君儒在江西鷹潭考古，結識了龍虎山的一位叫張道玄的道士。兩人一見如故，在龍虎山下的一個草屋中暢談了三天三夜。張道玄交給他一些驅魔去邪之法，臨別時送了這個黑布包裹，說是遇到邪物的時候可以用得著。

苗君儒口中念念有詞，咬破左手中指，將血點在八卦鏡上。驀地，一道白光自空而下，射在八卦鏡上後，轉變為一道金光。

他將八卦鏡固定在松樹上，從八卦鏡上射出的金光，正好罩住洞口。這下他就放心了，縱使茅草燒盡，有金光護著，那具腐屍絕對不敢衝進去。

接下來他要做的，就是利用張道玄教給他的道家之法，降服這具腐屍。

他右手持桃木劍，左手握著一把糯米，警覺地環視著周圍，只要聽到一絲異響，就立刻出手。

奇怪的是，那具腐屍再也沒出現，洞口的茅草已經燒盡，光線漸漸暗下去。少頃，洞口出現兩支火把，一個學生叫道：「老師，那個人好像快不行了！」

苗君儒叫道：「千萬不要出來，那個東西還沒走！」

那個學生叫道：「老師，要不要我們幫忙？」

苗君儒叫道：「你們不出來，就等於幫了我大忙了！」

現在這一點兇險，與他這一生所經歷過的相比，簡直是小巫見大巫。

四周出奇的靜，靜得讓人感到害怕。那兩個學生聽他這麼說，面面相覷，不敢走出洞口。

苗君儒正要說話，只覺得頭頂的光線一暗，心中暗叫不好，左手一揚，將那把大米向上撒去。一陣爆豆般的響聲，那些糯米碰上腐屍身上後，瞬間炸開。

腐屍發出一聲吼叫，身形向旁邊落下。

苗君儒看清腐屍所在，縱身向前挺劍便刺。不料桃木劍刺在腐屍身上如同刺在鐵板上一般，他暗叫不妙，原來匆忙之間，竟忘了給桃木劍開光。未開光的桃木劍，對這些邪物根本沒有一點殺傷力。

他身在半空中，想借勢從旁邊避開，誰知道一股力道從劍上傳來，只聽得「啪」的一聲，手中的桃木劍頓時斷為兩截。

他大驚失色，桃木劍一斷，要想制服這個腐屍的話，就只有靠口袋裏的那六枚銅錢了。他落在地上，扔掉斷劍，右手一翻，手心上出現六枚銅錢。在月光的映照下，六枚銅錢發出一種眩目的金色光芒。

那腐屍看見苗君儒手中的銅錢，似乎非常害怕，不但不敢向前逼過來，相反還往樹林中退去。他哪容腐屍逃走，正要扔出銅錢，遠處突然傳來一聲尖嘯。

那腐屍聽到嘯聲，竟如聽到召喚一般，大吼一聲，不待苗君儒扔出銅錢，身影瞬間消失在樹林中。

原來這腐屍是受人控制的。苗君儒把銅錢放入口袋，對洞口的兩個學生說道：「它走了！」

那兩個學生剛才見到了他們的老師與腐屍相鬥的情景，更加對老師佩服得五體投地。待苗君儒走過去後，忙圍住他說道：「老師，這些道家的本事您是從哪裏學來的，什麼時候教給我們？」

苗君儒微微笑了一下，也不搭話，快步走進洞內，來到那個受傷的人面前，蹲下身子。見那個人的背上被腐屍抓下一大塊血肉，地上積了一大灘血。守護在旁邊的那個學生用了一大堆繃帶，都沒有辦法止住血。

從傷口流出來的血不再是鮮紅色，而是黑紅色，還有一股很難聞的腐臭味。看情形，屍毒已經深入內臟，即使是大羅神仙，也沒有辦法救得活了。

他問道：「你們來這裏做什麼？」

那個人吃力地說：「王……連長他們……已經安全……撤走……要我們區小隊……找你們……」

原來是區小隊的人奉命來找他們的，苗君儒接著問：「你們說的山神，就是那具腐屍？」

那個人強撐著一口氣說：「你們……前面……玉川……找胡老漢……注意……日本人……」

這人的話都沒有說完，頭一歪，就咽氣了。

離這裏前面三十里左右的地方，是有個叫玉川的村子，可那個村子裏駐守著日軍和偽軍。苗君儒微微皺眉，難道這個人的意思，是要他們去玉川找胡老漢，那不等於送羊入虎口？

一個學生問道：「老師，我們怎麼辦？」

苗君儒說道：「還有油嗎，先把這具屍體燒了。他中了屍毒，如果不燒掉的話，會變成殭屍的！」

那個學生說：「沒有了。要燒的話，我們去洞外砍些樹枝來燒！」

苗君儒說道：「你們在這裏守著，我去砍！」

洞外，月已西斜，八卦鏡上的金光也已消失了。

他聽了聽外面的動靜，拿了一把砍刀，到洞外的樹林裏，砍了一些乾枯的松枝，就在洞口架起一個大柴堆。

兩個學生抬了那具區小隊員的屍體，放在柴堆上，隨後點燃。

烈火中，區小隊員的屍體漸漸化為灰燼。

做完這一切，天色已經微明。一個學生問道：「老師，我們要去玉川嗎？」

苗君儒想了一會兒，說道：「收拾好東西，我們回重慶！」

晨曦中，師生四人踏上了返回重慶的路。

苗君儒怎麼都沒有想到，他派出向八路軍報信的那個學生，卻已參加了革命。十幾年後，他的那個學生帶著一支考古隊來到這裏，終於找到一些遠古人類的化石，證明在五十多萬年前，這一區域生活著「直立人藍田亞種」的人類，俗稱「藍田人」。

在苗君儒他們離開後沒多久，一個穿著和服的老者，在一隊日軍的護送下，來到了這處並不大的石洞口。

老者雙手合什，非常恭敬地向石洞施了一禮。

這個老者就是日本的「玄學大師」上川壽明。

站在上川壽明身後的，是一個神色冷峻，充滿幹練，穿著大佐軍服的日本軍官，他就是日本大本營陸軍參謀本部的磯谷永和大佐。磯谷永和的身後，除了有一隊裝備精良，經過特訓的日軍外，還有十幾個身穿黑衣的日本忍者。

沒有人知道，從近衛文麿到東條英機，五任內閣總理大臣都很重視設在參謀本部的「易學部」。更沒有幾個人知道，這個看似很平庸無奇的「易學部」，卻集中了全日本所有的「玄學大師」和具有特異功能的奇異之士。

從昭和十九年初開始（西元一九四四年），日軍在各戰場上節節敗退，日本大本營將扭轉敗局的希望，全都寄託在了「易學部」。日本大本營制定的所有戰略計畫，也都經過「易學部」的大師們審核，力求以最小的代價換取最大的勝利。

磯谷永和是「易學部」的高級內侍，他年僅廿五歲，在日軍所有大佐級軍官中，這麼年輕的大佐，可謂鳳毛麟角。他直接受命於內閣總理大臣，陸軍參謀本部對於他的一切行動不能干預，相反，只要他有什麼需要，可以直接調動日本海陸兩軍的任何一支部隊，對他的行動予以無條件配合。

就在半個月前，他下令日軍一個師團加三個旅團的兵力，對這一區域進行了拉網式的掃蕩，以保證他這次行動的隱密性。

磯谷永和見上川壽明有些呆呆地望著那個山洞，上前幾步，朝上川壽明躬身說道：「上川先生，是不是我們來遲了？」

上川壽明沒有說話，而是歎了一口氣。為了尋找這個山洞，他在這一帶停留了半個月。原以為可以藉由這個千古之謎的小山洞，找到傳國玉璽的下落，沒想到被人捷足先登了。

磯谷永和揮了一下手，站在他身後的那八個穿著武士服的日本忍者，飛速衝進了山洞。看他們走路的身法和腳步，就知道是具有上乘功夫的人。

不一會，進去的八個忍者出來了，為首一個對磯谷永和說道：「報告，裏面有一個剛被挖開的岔洞，東西會不會被他們拿走了？」

上川壽明緩緩說道：「王氣不在這裏，我懷疑他們一定得到了什麼線索！永和君，不管你用什麼方法，一定要知道他們是什麼人。」

他一仰頭，看到了苗君儒留在樹枝上的八卦鏡，低聲說道：「想不到他也是一個高人，難怪可以對付我的鬼魅山魃！」

磯谷永和說道：「上川先生，你到中國來已經兩個多月了，難道還沒有一點頭緒嗎！」

上川壽明呵斥道：「你懂什麼，天機不可洩露，有些事，急是急不來的！」他望著天上的星星，緩緩說道：「西南方帝星晦暗，西北方帝星閃耀，將來成大事者，定是西北方向的八路軍。」

磯谷永和沒有說話，幾年前，上川壽明就有了這樣的預言。儘管日本大本營一直認為裝備極差的八路軍，根本無法與美式裝備，且各項綜合指數都占絕對優勢的國民黨軍隊相比，但上川壽明的預言，從來沒有出現差錯。

也正是由於這一點，日本大本營的對華戰略，由當初的消滅國民黨改為拉攏，而對處在西北方向的八路軍，則堅持予以「剿滅」。可惜人算不如天算，這幾年來，八路軍不但沒有被「剿滅」，勢力反倒越來越壯大了。

日本大本營也策劃了幾起暗殺八路軍高層領導人的計畫，可都不成功。

上川壽明從松枝上取下八卦鏡，用手輕撫著，嘴角露出一抹冷笑。他已經預感到，終有一天，他的鬼魅山魃與這八卦鏡的主人會有一場驚世駭俗的對決。

卻說苗君儒帶著他的三個學生，晝伏夜行，巧妙避過了日偽軍的搜索。日軍的「三光政策」確實很可怕，沿途可見一座座冒著煙火的村莊，以及倒在殘垣斷壁前的屍首，並未見到一個活著的老百姓。

時不時傳來幾聲槍響，令行走中的他們更加警覺起來。

一路上風餐露宿，師生四人吃盡了各種苦頭，好在他們有野外生存的各項技能，不至於被餓死。這天，他們穿過一片樹林，被一群持槍的士兵團團圍住。一個學生看清士兵頭上的青天白日帽徽，不顧一切撲上前，抱著一個士兵哇哇大哭起來。

他們得知，這裏距離重慶已經不遠了。

抗戰開始後，北京、天津、南京、上海等地的一些學校，先後遷到了重慶，並重新開設課堂。這樣一來，北京大學與另外幾所大學的師生，被安排在了位於菜園壩的重慶大學老校區。

幾所大學相互聘請對方的老師當客座教授，老師們經常見面，關係倒還融洽，偶爾坐在一起交流教育經驗，一定程度上促進了多元化教育的發展。

回到重慶，苗君儒開始查找有關資料，想搜尋關於胡清的下落，可幾所大學圖書館都找遍了，一點頭緒都沒有。

這一天，他在校園裏遇到了李明佑，兩人坐在一個破舊的涼亭內，他將自己在藍田考古時發生的事情說了一遍。

李明佑有些不可思議地望著他，說道：「這麼說來，有關胡清攜傳國玉璽與太子出逃的民間傳聞是真的了？」

苗君儒點頭：「我也這麼想。要想查找傳國玉璽的下落，就只有從胡清這個人身上去尋找線索了！」

李明佑說：「有關胡清這個人的歷史資料根本沒有，我們從何查起？」

苗君儒說：「只要民間傳聞是真的，就一定能夠找到有關他的線索！」

李明佑說：「現在國內這麼亂，我們就是想找也沒有辦法呀！」

苗君儒說：「依局勢看，日本人熬不了多久，這事也不急，等過幾年看看情況再說吧！」

李明佑問：「你說那具腐屍是有人控制的，控制腐屍的會是什麼人呢？」

「我也想知道。」苗君儒說：「殭屍我倒見過不少，可是動作那麼靈活的腐屍，我還是頭一次見到！只可惜了我那柄桃木劍和八卦鏡。」

兩人又聊了一會兒，苗君儒想起還要送東西給廖清，便起身告辭。

離開了李明佑的單身教師宿舍，苗君儒沿著一條林間山路往前走，沿途可見一些捧著書本，邁著輕快步子來來去去的學生。拐過一個彎，前面可以看到廖清住的那棟紅牆碧瓦的兩層小樓了，腳下不禁加快了步伐。

時下日軍飛機對重慶進行瘋狂轟炸，儘管幾個校區地處在郊區山溝裏，日軍飛機也不會放過。每當空襲警報淒厲地響起時，正在上課的師生，便會在校監人員的安排下，有次序地躲入離教室不遠的防空洞。

「苗叔叔！」一個脆生生的聲音從旁邊傳來。苗君儒扭頭一看，見是一個穿著藍色格子上衣，黑色裙子的女學生，微笑著站在他旁邊。

「哦，是雪梅呀！」苗君儒認出是廖清的女兒程雪梅，他望著這張似曾熟悉的面孔，沒來由的一陣心動，二十多年前的廖清不就長得這樣子嗎？

他問：「聽說你畢業了，在哪裏上班呢？」

程雪梅說：「苗叔叔，我在山城晚報實習呢！」

苗君儒「哦」了一聲，也不說話，滿懷心事地望著前面那棟兩層的小樓。

程雪梅說：「您是來找我媽的吧，她好像在教學樓那邊上課呢，要不我陪您去那邊等她？」

苗君儒的眼中閃過一抹遺憾，從口袋裏拿出一瓶香水遞給程雪梅，說道：「今天是你媽的生日，你也長大了，該知道怎麼讓她高興，我就不去見她了！」

程雪梅說：「苗叔叔，我爸帶著我哥去美國那麼多年，從來沒有信回來，早就已經把我媽忘記了，你和我媽為什麼……」

苗君儒打斷了程雪梅的話，說道：「大人之間的事，你小孩子家懂什麼？」

程雪梅俏皮地努了努嘴：「那我就代表我媽謝謝你了！」

苗君儒望著程雪梅的背影，依稀之間回到了二十幾年前。

可沒容他再回憶，一輛小車在他身邊停住，從上面下來兩個人，其中一個人上前問道：「請問你就是苗君儒苗教授嗎？」

苗君儒看了看這兩個人，微微點了一下頭。

那個人禮貌地說：「苗教授，有人想見你，麻煩你跟我走一趟！」

上了車，那個人從身上拿出一塊黑布，接著：「苗教授，對不起，這是我們的規矩！」

苗君儒並不反抗，任由這個人把他的眼睛蒙上。

第三章

神秘人物

白髮老者抓著孔令偉的手臂，一步步向後退去。
苗君儒步步緊逼，將他們逼到了客廳的角落裏。
他左手持槍，右手再一次抓出。
這一招是他從鷹爪拳的一個老前輩那裏學來的，
隱藏著五種不同的變化。
就在他的手已經觸到孔令偉的衣服時，
腋下突然傳來一陣劇痛……

民國三十五年二月十八日。剛過了元宵節。

黑色的福特小轎車沿著一條寂靜而戒備森嚴的山路，一路暢通無阻地過了四道有憲兵把守的關卡，駛到一棟坐落在山谷中的別墅前停下。

兩個黑衣男子下了車，扶著苗君儒進了別墅的客廳。

扯掉蒙在苗君儒眼睛上的黑布後，那兩個黑衣男子訓練有素地退了出去。

苗君儒很快適應了屋內的光線，見眼前這客廳的裝潢佈置極具西方特色，頭頂那巨大的水晶琉璃吊燈，發出一種柔和而絢麗的光芒。他還來不及打量客廳內的裝飾，只聽樓梯那兒傳來腳步聲，一個穿著藍色西裝、打著領結、梳著大背頭、口中咬著雪茄的男人從上面走下來。

「你好，苗教授！」那個人說話的聲音帶著幾分娘娘腔，仰頭很優雅地吐了兩個煙圈。

「你是……孔二小姐？」苗君儒在報紙上多次見過這位孔二小姐的尊容，所以一見面就認出來了。這位孔二小姐的性格極為刁鑽蠻橫，飛揚跋扈，在重慶是家喻戶曉的人物。前不久在中央公園，與「雲南王」龍雲的兒子，為了一點小事大打出手，雙方拔槍互射，結果傷了不少遊人。

來人正是備受宋美齡寵愛的孔家二小姐孔令偉，她現在的身分是祥記公司、廣茂興、晉豐泰等多家企業的總經理。孔令偉自幼女生男相，最不喜歡別人叫她小姐，她身邊的人，也都稱她為總經理或孔二爺。聽苗君儒這麼叫她，臉上掠過一絲不悅。走到苗君儒面前時，右手從身上拔出一把左輪，指著苗君儒：「只要我的手指輕輕一動，你就會變成一具屍體！」

苗君儒沒有動，那幾個將他送到這裏來，可不是給孔二小姐當槍靶的。在他面前的紫色玻璃茶几上，放著三個大小不一的盒子，不知道裏面裝的是什麼。他面不改色地說道：「說吧，叫我來看什麼貨？」

孔令偉發出一陣怪笑，接著把槍在手裏玩了幾個漂亮動作，十分欣賞地對苗君儒說：「能在我槍口下表現得如此鎮定的，你是第一個！請坐！」

苗君儒也不客氣，在旁邊的沙發上坐了下來。無論是在重慶還是在北平，不時有一些豪門權貴或古董商人，上門請他去幫忙鑒定古董。用這種方法請他來的，還是第一次。

孔令偉收起槍，打了一個響指，從側門外進來一個人，她斜了一眼苗君儒，對那人說道：「把盒子打開，讓苗教授幫忙看看！」

那人手腳麻利地把三個盒子相繼打開。首先出現在苗君儒眼中的，是一個青玉卷雲紋虎頭枕，其次是一個羊脂玉淨瓶，最後一個是暗綠色翡翠玉孔雀印璽。

孔令偉說道：「苗教授，這三樣東西都是別人送給我的，也不知道是真是假，所以請你過來看一下！」

苗君儒小心捧起那個青玉卷雲紋虎頭枕，見玉色深邃，玉虎的左眼處有一瑕疵，隱隱為紅色。虎頭頷下隱約有一行細如蟲蟻小篆，只可惜由於年代久遠，一時間無法辨認。他暗暗一驚，想不到捧在手中，是殷商紂王的虎頭玉枕。

相傳殷商紂王用鄰國進貢的青玉雕了一個虎頭玉枕，曾與寵妃妲己同用，屬殷商朝珍寶。商朝滅亡後，此虎頭玉枕不知下落。漢桓帝劉志發兵討伐外戚粱冀，曾獲得一個虎頭玉枕，據說就是紂王的虎頭玉枕。也許是亡國之君的遺物，沒有人對那個虎頭玉枕感興趣。

魏元帝曹奐咸熙二年，有一天皇宮中夜間有異獸，全身白色光潔，繞宮廷走動。一個宦官看到之後，將實情稟告皇帝。魏元帝大為震驚，認為宮殿幽深警衛嚴密，如有異獸，定是不吉祥的徵兆！於是派宦官探察。果然看見一隻白虎，滿屋行走。一個宮內侍衛的人以戈投射，擊中虎的左眼。然而走近一看，只見血跡在地，白虎卻無影無蹤，搜檢宮內各處及水井池塘，未見任何東西。再檢查寶庫。從中得一個虎頭玉枕，虎的眼部有傷，血痕還是濕淋淋的。魏元帝認為寶物日久則生精靈，所以成了神物。從那以後，這個虎頭玉枕被供奉在皇宮中。魏亡後，這個虎頭玉枕從此不知下落。

剩下的兩件，應該是吐蕃國進貢給唐太宗的羊脂玉淨瓶，和印度摩揭陀王國孔雀王朝的奠基人頻毗娑羅流傳下來的孔雀王翡翠玉璽。

孔令偉問道：「那個人說這是紂王的虎頭玉枕，苗教授，你看是真是假？」

苗君儒說道：「這個玉枕的虎頭左眼有傷痕，頜下有篆體銘文，正是紂王的虎頭玉枕。普天之下，還有誰敢送孔二小姐假的東西，除非活得不耐煩了！另兩樣東西，沒有必要再看了！」

孔令偉問道：「為什麼不看，你可給我看好了，要是看走了眼，別說我的子彈不長眼！」

苗君儒說道：「要我看可以，但有一個要求！」

孔令偉說道：「說吧！」

苗君儒說道：「按行規，替人看東西，從不問東西的來源，今天我就破一回例，必須知道這三件東西的來路！」

孔令偉的臉色一變，厲聲說道：「你不想活了？」

兩聲槍響，苗君儒腳邊的阿拉伯純羊毛地毯上，出現了兩個冒著青煙的槍洞。槍就在孔令偉的手上，想不到這個不男不女的傢伙，出槍的手法夠快的。

苗君儒微微一笑，說道：「這三樣東西，無論哪一樣都是價值連城的寶物，有的已經在歷史上失蹤了一千多年，能夠得到其中的一件寶物，已是上天的恩賜。那個同時把三件寶物送給你的人，絕對不是普通人。他想你辦的事，也絕對不是普通的事。」

孔令偉目露凶光：「我叫你來是幫我看東西的，嘰嘰歪歪說那麼多做什麼。你想知道這三件東西的來路，那就去陰間問吧！」

當她的槍口對準苗君儒的額頭時，一個蒼老而雄厚的聲音從樓梯上傳來：「孔總經理，苗教授也是同行中人，讓他知道也無妨！」

苗君儒抬頭望去，見一個白髮蒼蒼，年約八旬左右，穿著和服，身材佝僂卻邁著矯健步伐的老人，正從樓梯上走下來。當他接觸到老人那凌厲的目光時，忍不住心底一寒，問道：「你是誰？」

一個年邁的日本人，居然能說一口流利的中國話，純屬難得。

孔令偉介紹道：「他是我外祖父生前的好友！」

也許是出於某些方面的考慮，她並沒有說這個白髮老者究竟是誰。

孫中山領導的「二次革命」失敗後，在北洋政府的大肆追捕下，宋耀如也被迫舉家避難日本，在那裏結識了不少日本友人。

苗君儒從對方的眼神中，似乎看出了一點什麼。他禮貌地說：「不知閣下來中國，究竟是為了什麼。閣下這麼大年紀的人，應該在日本享受兒孫們的孝順才對！」

短短幾句話鋒芒畢露。在中日關係如此緊張的今天，任何一個神秘人物的到來，都不得不讓人深思。

白髮老者走到苗君儒的面前坐下，說道：「我來中國，只是拜訪一下故人而已！」

苗君儒微笑道：「宋先生在二十幾年前就已經過世，你來中國這麼久，恐怕還沒有去拜謁他老人家的陵墓吧？就算你想見一見故人的後代兒孫，也用不著送這麼厚重的見面禮！」

白髮老者面不改色地說道：「故人的陵墓，我肯定要去拜訪的，我送什麼禮物給故人之後，與別人毫無關係，你說是吧？」

苗君儒說道：「這是我們中國人的東西，怎麼會到了你們日本人的手裏？」

白髮老者呵呵笑起來：「你們中國人的東西，有很多都在大英博物館呢，你怎麼不去問？」

在白髮老者的面前，苗君儒好像就是一個剛接受啟蒙教育的小孩子，每一句話都說得那麼蒼白無力，輕而易舉就給對方頂回來了。他說道：「那些東西都是被他們搶走的，當年的那夥強盜裏面也有你們日本人！」

白髮老者說道：「那都是過去的事情，人善被人欺，我們大日本也曾經有過被人欺負的歷史。苗教授，我們坐在這裏，可不是為了談論歷史的。」

苗君儒說道：「我和你之間，好像並沒有什麼話好談的！」他起身道：「老先生，恕不奉陪了！」

孔令偉那握槍的手剛抬起，突覺眼前人影一晃，隨即手腕一陣刺痛。握在手裏的槍，不知怎麼到了苗君儒的手裏。

苗君儒乾淨利索地把槍拆成了零件，依次擺在那三件絕世寶物的旁邊，聲音緩慢地說道：「孔二小姐，並不是每個人都怕你的槍！如果你有種的話，應該把槍口對準日本人！」

孔令偉的臉色頓時變得十分難看，尖叫道：「來人！」

從外面衝進來十幾個手裏拿著槍的勁裝大漢，苗君儒見勢不妙，搶先出手先發制人，一把抓住離他最近的一個大漢，手一挫，已將對方的槍搶了過來，隨即身形一閃，已經衝到孔令偉的面前，伸手往前一抓。

擒賊先擒王，只要控制住孔令偉，就能保證安然無恙地離開這裏。

就在他的手距離孔令偉的肩膀還有一寸時，孔令偉的身體突然以一種不可思議的速度向後退了一步。

苗君儒看清孔令偉那張花容失色的臉蛋旁邊，還有一張面帶微笑的面孔，正是坐在沙發上的白髮老者。

一抓不中，在電光火花之間，苗君儒連抓了三次，每次眼看就要抓到，可就相差那麼一點兒。記得他剛才出手去抓孔令偉時，白髮老者還坐在距離他們好幾米遠的沙發上。

想不到老態龍鍾的白髮老者，行動的速度這麼快！若是要向人進攻的話，估計沒有人能夠躲得過。苗君儒想到這裏，背上的冷汗頓時下來了。雖是如此，可他的動作並不停！

那十幾個大漢不敢貿然開槍，怕誤傷到孔令偉，只圍著苗君儒團團轉。時不時衝上前一兩個，可都被苗君儒的拳腳打趴在地。

白髮老者抓著孔令偉的手臂，一步步向後退去。苗君儒步步緊逼，將他們逼到了客廳的角落裏。他左手持槍，右手再一次抓出。這一招是他從鷹爪拳的一個老前輩那裏學來的，隱藏著五種不同的變化。就在他的手已經觸到孔令偉的衣服時，腋下突然傳來一陣劇痛，他暗叫不妙，正要抽身而退，可右手已被一隻冰冷刺骨的手抓住，那隻手的力道極大，如鐵銬一般拷住他，任他怎樣都無法甩脫。一股透心的寒意從手上傳來，渾身上下頓時沒有了一絲力氣，眼前一黑，暈了過去。

當他甦醒過來時，發覺躺在一張木板的床上，置身於一處並不大的石室中，石室只有一扇厚重的鐵門，連窗都沒有，只有頭頂那盞白熾燈發出微弱的光芒。他幾步衝到鐵門前，隔著門上的半尺見方小孔對外面吼道：「來人，來人！」

一個漢子走過來說道：「你就好好待著吧，我們不會對你怎麼樣的。」

苗君儒問道：「這裏是什麼地方，叫你們孔二小姐來！」

那個漢子說：「老先生說了，等他的事情辦完，就馬上放你出去！」

苗君儒問道：「他究竟是誰？」

那個漢子說：「這我可不知道，我的任務只管看住你！」他見苗君儒用腳踢門，於是說：「你省點勁吧，那是二十釐米厚的鋼門，子彈都打不穿！」

苗君儒用力捶了幾下鐵門，憤憤地退回到床邊坐下。回想著不久前發生的事，越想越覺得事有蹊蹺，孔二小姐叫他來的目的，好像並不是要他幫忙鑒定那三樣東西，而是找藉口將他扣留起來。白髮老者口口聲聲說是來看故人，可並沒有去找宋耀如老先生的兒女，卻與這個權勢通天的孔二小姐混在一起，究竟是為了什麼呢？

白髮老者究竟是什麼人，為什麼要用那三件價值連城的寶物買通孔二小姐？方才守在門口的那個漢子說，白髮老者要等事情辦完之後，才能放他出去。那麼，白髮老者這次到中國來，究竟是要辦什麼事？

一連串的疑問，苗君儒想來想去都想不明白。白髮老者要辦的事，和他有什麼關係，為什麼非要把他關起來？

不管怎麼樣，當務之急是要想辦法逃離這裏。可是那二十釐米厚的鋼門，能輕易弄得開嗎？

民國三十四年二月十九日。

當正在吃飯的李明佑得知苗君儒失蹤的消息時，驚得差點把碗掉在地上。他想起苗君儒在涼亭裏對他說過的話，知道苗君儒的失蹤，一定與傳國玉璽有關。

苗君儒的突然失蹤，在校園內引來一陣不小的震動。他是北大最著名的考古學教授，在國際上也有極高的威望。

更讓李明佑吃驚的是，在苗君儒失蹤的同時，那三個隨苗君儒一同出去考古回來的學生，竟然在校園中被人槍殺。

迫於社會的壓力，重慶警察局答應儘快派人追查苗君儒的下落和殺死學生的兇手。可重慶時下混亂的局面，遠出於人們的預料，光是從上海北平等地逃難來此的人，就達到數百萬之多，那些衣衫襤褸的男女女，瞪著一雙充滿饑餓和渴求的眼，擠滿了每條街道和每一個角落。要想在茫茫人海中找一個人，談何容易？

據警察局調查，有學生看到苗君儒在校園裏上了一輛小轎車，從那以後，苗君儒就失蹤了。

幾天過去了，各方面都沒有苗君儒的消息。警方找到幾個流浪漢，說就是搶劫和殺死那幾個學生的兇手，當場槍決。

這期間，李明佑穿梭於幾個學校的圖書館，查找有關胡清的資料和下落。終於，在一本《後唐野史》上，找到了胡清的文字記載：胡清，官居紫金光祿大夫，徽州人，排行第三，稱胡三公，為人剛正不阿，其曾祖胡詠為文宗皇帝時的右散騎常侍。與宣歙節度討擊使、御史中丞胡學是同宗。天佑元年，朱溫殺其全家，滅其全族。

區區幾十個字，已給後人留下無數懸念。胡清屢次與閹黨逆臣抗衡，一直都安然無恙，卻為何遭朱溫滅族，究竟是為了什麼？對於這樣的一位忠義之士，即使被朱溫所殺，後世史書中為何沒有相關的記載？

據圖書館的人說，苗君儒在失蹤前，每天都在圖書館，不知在找什麼資料。站在苗君儒動過的書架前，李明佑苦苦思索著。也許苗君儒已經找到了相關線索，獨身前往尋找。可是自他認識苗君儒那麼多年來，苗君儒每次出動，都會帶幾個學生一起去，從來沒有單獨出去過。

以前苗君儒外出考古，也會在大家的眼皮底下失蹤，而且會發生一些極具恐怖色彩的遭遇。

北大其他的考古學教授，對於苗君儒的那些遭遇，都不相信。考古是門很嚴謹的研究工作，用科學來證明歷史，全世界的考古研究者，都是無神論者。誰會相信在朗朗乾坤中，會有神鬼邪魔那些東西呢？

李明佑和別人不同，他相信苗君儒的那些遭遇。幾年前的一個月圓之夜，他與苗君儒挖開一座漢代墓葬時，不顧苗君儒的警告，將一口石棺曝露在月光之下，沒多久傳來一聲巨響，親眼見到一具穿著古代武士盔甲的殭屍破棺而出。守在旁邊的幾個人用防身手槍亂槍齊發，卻不能傷那具殭屍分毫。最後還是苗君儒用一柄桃木劍和一張道家的靈符，將殭屍制住。可惜槍聲驚動了駐守在附近的日偽軍。為了保命，他們只得將極具考古研究價值的殭屍留給了日偽軍，只是不知後來怎麼樣了。

苗君儒既然已經告訴李明佑關於傳國玉璽的事，就不會再對他有所隱瞞。依苗君儒的性格，若找到了傳國玉璽的一些線索，也會告訴他一聲，或者與他一起前去尋找。

也許除了苗君儒之外，還有人在尋找傳國玉璽。那輛從校園內帶走苗君儒的小轎車，究竟是誰派來的呢？

雖說重慶的社會秩序很亂，可當局對大學教育還是很重視的，學校門口有軍隊把守，閒雜人等不得進入校園。若是一般普通車輛，根本進不了校園，更別說有人在校園裏搶劫殺人了。而所殺的不是別人，偏偏就是與苗君儒一同回來的三個學生。警方找幾個流浪漢做替死鬼，無非是做做樣子，證明警方的辦案能力。可這種掩耳盜鈴的做法，又能騙得了幾個人呢？就是傻瓜，也知道裏面的玄機。

想到這裏，李明佑的額頭溢出了汗珠。也許令苗君儒失蹤的，是某個權勢人物。作為陪都的重慶，集中了民國政府的各個機構，權勢人物猶如過江之鯽。

不管那個人是誰，只要是衝著傳國玉璽來的，李明佑就有辦法讓對方現身。

當晚，李明佑來到苗君儒家，接待他的是苗君儒的養子苗永建。

茶几上還有兩杯尚有餘溫的茶。苗永建微笑著說：「剛才廖老師和她的女兒來過。」

同在考古系那麼多年，對於苗君儒與廖清的關係，李明佑是清楚的，只是他不懂的是，明明一對有情人，為什麼成不了眷屬呢？廖清也真是的，苦苦守著與程鵬那名存實亡的夫妻關係，不知道為什麼。據說當年程鵬帶著兒子程雪天去了美國，單留下老婆廖清與女兒程雪梅，是有原因的。至於是什麼原因，外人就不清楚了。不過認識他們的人都說，程雪梅的模樣與程鵬八竿子打不著，倒是與苗君儒有幾分相像。

李明佑「哦」了一聲，接過苗永建遞來的茶，把他的想法說了。他以前與苗君儒有過幾次學術研究上的合作，關係處得還不錯。

苗永建想了一會兒，說道：「李教授，不瞞你說，在家父失蹤的第二天，就有人告訴我，說家父暫時住在一個很安全的地方，幾個月之後就會回來！」

李明佑問：「他們沒有說為什麼要關住苗教授嗎？」

苗永建說：「沒有！他們只說家父沒有生命危險，每天好吃好喝的，只是有點不自由。我也不知道他們為什麼會這樣！」

李明佑問：「難道你真的不知道苗君儒為什麼會被人關起來嗎？」

苗永建搖了搖頭：「以前父親回來後，都會對我說他考古的經過，可這次回來後，都是去圖書館查資料。他不說，我也就沒有問！」

李明佑把苗君儒失蹤前與自己在涼亭內談的事說了，他接著說：「我懷疑除了苗教授外，還有人在尋找傳國玉璽！那個人一定是不想苗教授去找傳國玉璽，所以把他軟禁起來。或者說，那個人正逼著苗教授去找傳國玉璽，卻騙你說，把他關在安全的地方！」

苗永建問：「李教授，我們怎麼救他？」

李明佑說：「苗教授一定留下了什麼線索，只要我們尋著線索去找，就能找到他！」

苗永建說：「我早就找過了，我父親並沒有留下什麼線索！」

李明佑說：「能夠讓我到他的書房裏看一下嗎？」

苗永建沒有多說話，起身帶李明佑進了苗君儒的書房。書房並不大，除一張桌子和凳子外，兩邊的書架上塞滿了各種書籍。桌子上放了幾本線裝的唐史，還有一本筆記本。李明佑翻了翻筆記本，見裏面記錄的都是考古方面的知識，最末一頁是關於藍田縣人類頭骨化石的，與傳國玉璽並沒有關係。

但是放在桌角的一本書，卻引起了李明佑的注意。他隨手拿起這本民國大學者胡適所著的《藏暉室札記》，前後翻了翻。

作為考古學者，一般所參閱的書記，都是與歷史或人文地理有關的文獻或資料，像這種純文學的個人文集，是不會染指的。

當他的目光掃過封面上胡適那兩個字時，腦海中靈光一閃，胡適與胡清，同是姓胡，雖前後相隔千年，可難保沒有那一層關係。

苗君儒看這本書，不可能沒有原因的。

可惜胡適現在美國，李明佑沒有辦法去找胡適，印證與胡清的關係。

苗永建見李明佑一副若有所思的樣子，於是問道：「李教授，你說傳國玉璽是一個叫胡清的人帶出宮的，難道胡適與胡清有什麼關係嗎？」

李明佑說：「有沒有關係，只要我們找到胡適的宗譜就知道了！胡適是徽州人，那裏距離唐末御史中丞胡學的故鄉婺源沒多遠，胡學與胡清是同宗，又是同朝為官，我想他們不可能沒有一點關係。我帶幾個學生去那邊，從這兩個地方查找相關的線索。」

苗永建想了想，說道：「李教授，我也去吧！」

李明佑點了點頭。

幾天後，由李明佑帶隊的一支考古隊，由重慶動身，經湖北湖南，轉入安徽境內，穿越一個個日軍佔領區，歷經種種兇險，長途跋涉一千多里，到達了日偽軍控制下的屯溪（今黃山市）。

誰會想到，接下來他們所走的，是一條極其可怕的不歸之路。

苗君儒在被關進來之後，就已經開始考慮脫身之法。他逐一對石室牆壁的每一塊石頭進行敲擊，可石牆發出的沉重聲音令他的心情低到了極點，除了那扇鐵門外，別無出路。

守在門口的那個漢子自從說過那些話之後，任由苗君儒再說什麼，都不搭理。

大約過了三四個小時，有人將一盤飯由鐵門右下角的小孔送進來，飯還挺豐盛的，有滷菜，還有鹹蛋和一條紅燒魚。

吃過飯，苗君儒將盤子放回小孔邊，很快有人收回去了。

他蹲在小孔邊，見小孔只有一尺見方，就算是一個兩歲大的小孩，也無法出入，何況是他這個身材高大的成年人。

既然無法離開這裏，他索性躺在床上休息，腦海中回憶著這些天來發生的事情。想起那個區小隊員臨死前說的那句話，要他們去玉川找胡老漢，還要他們注意日本人。莫非胡老漢等人知道日本人要做什麼？還有那具被稱為山神的腐屍，究竟是被什麼人控制的呢？

想到這裏，他後悔沒有去玉川。

正在胡思亂想之際，他突然聽到右邊的石牆傳來「篤篤」的敲擊聲，他直起上半身，辨聽著那聲音。起初，那聲音似乎顯得雜亂無章，但是很快，他便聽明白了那聲音的旋律，正是他所熟悉的摩斯電碼。

摩斯電碼是一種時通時斷的信號代碼，這種信號代碼通過不同的排列順序來表達不同的英文字母、數字和標點符號等，達到傳遞資訊的目的。

雖然每個國家根據自己的需要，將摩斯電碼設計成不同的形式，但那只是限制於特定的區域與環境。國際通用的摩斯明碼，還是被更多的人所廣泛運用。

在中國，受中西方文化的影響，知道和運用摩斯電碼的人並不多。

隔壁發出摩斯電碼的人，會是誰呢？

苗君儒幾步衝到那堵牆壁邊，把耳朵緊貼在牆壁上，仔細辨聽著摩斯電碼的意思。

很快，他就從隔壁那有次序的敲擊訊號中聽出了意思：你好，你是誰？

他用同樣的方式問候對方：你好，我是北大的考古學教授苗君儒，你是誰？

那個人回答：原來你就是苗君儒教授，難怪他們要抓你，不要問我是誰。

苗君儒問：你知道他們為什麼要抓我嗎？

那個人回答：因為你是苗君儒，中國兩個最有成就的考古學家之一。中國還有一個最有成就的考古學家，是復旦大學的齊遠大教授。

苗君儒問道：難道你是齊遠大教授？

在石牆上敲擊完這句話的摩斯電碼後，苗君儒有些後悔自己的問話，因為他已經從對方敲擊的速度和音符中分辨出，對方不是中國人。他接著問：你不是中國人，請問你是哪位，為什麼也會被關在這裏？

對方停頓了片刻，聲音又傳了過來：不虧是苗君儒，我們在倫敦見過面的。

十幾年前，苗君儒在倫敦參加世界考古工作者研究會議，認識了不少國際上的同行。與會者那麼多人，他實在無法猜出對方究竟是誰。他禮貌地問：是的，我們在倫敦見過面，可是當時有那麼多學者，我實在無法知道閣下是哪一位。

那邊的聲音響了起來：還記得我們為法老的詛咒這一話題爭論過嗎？

在倫敦的世界考古工作者研究會議上，苗君儒曾經與英國的考古學家霍德華・卡特先生，針對世界上是否有靈異詛咒這一話題進行過辯論。一九二二年，卡特帶領的探險隊在埃及底比斯地區尼羅河西岸的山谷中，發現了圖坦卡門法老的木乃伊，這一考古發現震驚了全世界。

令人不解的是，隨著考古隊對圖坦卡門陵墓的發掘，傳說中法老的詛咒被喚醒了。據說，在鑿開堅實的墓道封口時，美國考古學家邁斯就倒下一病不起，六百公里外的開羅突然全城停電。資助發掘專案的英國貴族卡納芳，當時住在開羅的醫院，不久即撒手人寰。卡特的寵物鸚鵡也被蛇咬死，似為主人替罪。數年內，參與發掘的二十人中就有十三人相繼死去，成為世界性的疑聞。卡特作為始作俑者，竟多活了數年，他用了十年時間指導這座陵墓的發掘和整理，還繼續發現了哈特舍普蘇特女王和圖特摩西斯四世的墓葬。但是在一九三九年，卡特帶著對以往成就的驕傲和未竟事業的遺憾地離開了人世。

作為考古學者，卡特不相信靈異的存在，他認為那些人的死都是偶然的，與法老的詛咒毫無關係。但是與種種恐怖靈異物體打過交道的東方學者苗君儒，卻堅持認為法老的詛咒並非只是傳說。冥冥之中，有很多無法用科學解釋的神奇力量，在主宰和左右著這個世界。

他們兩人誰也無法說服誰，最後鬧得不歡而散。

苗君儒吃驚地問：你不是在六年前就已經死了嗎？

卡特回答：我一直不相信法老的詛咒，可是六年前的一天晚上，我相信你說的話了。

苗君儒問：你是不是見到了什麼？

卡特回答：是的，我親眼見到了。是他本人，他說他在地下睡了幾千年，是我吵醒了他，他要取走我的靈魂，當他來抓我的時候，是我脖子上戴的一串珠子救了我。

苗君儒說：我記得當年見到你的時候，你並沒有戴什麼珠子呀！

卡特回答：雖然我不相信法老詛咒的存在，但是我的妻子相信，她向一個埃及古老部落的巫師求了一串黑曜石的珠子，說是可以保我平安。看在感情的份上，我勉為其難地戴著那串珠子，直到法老的出現。在最關鍵的時候，那串珠子發出刺目的亮光，把法老趕走。我知道法老不會善罷甘休，便和我的妻子去到那個部落，求巫師救我的命。巫師要我假死，之後秘密逃往東方，說是那樣就能逃過法老的詛咒。

聽到這裏，苗君儒忍不住問：六年前你就秘密來了中國？

卡特回答：是的。我一直隱居在山西五台山清涼寺，就是清朝順治皇帝出家的地方。在寺院裏，我開始研究中國的古文化和佛教文化。半年前，日本人不知道怎麼知道我在那裏，他們派人找到我，要我幫忙他們尋找一件中國的寶物。

苗君儒問：是什麼寶物？

卡特回答：就是早已經失蹤了的中國帝王傳代之印璽，你們稱為傳國玉璽。

苗君儒大驚，想不到日本人要找的東西，居然是傳國玉璽。他問：你找到了什麼線索？

卡特回答：很可惜，我找了三個月，一點線索都沒有。他們害怕把消息傳出去，所以把我關在這裏。在我旁邊的一間石室裏，還關著一個中國老頭子，是前些天被關進來的，不知道是什麼人。

兩人隔著厚厚的一堵石牆，一來一往地敲擊著，轉眼間過去了幾個小時。苗君儒也漸漸弄清了頭緒，既然卡特被關在這裏，那麼白髮老者要辦的事情，也肯定與傳國玉璽有關。身為考古學者，他知道日本侵華自以來，不知道從中國掠奪了多少奇珍異寶，其中不凡有虎頭玉枕那樣的絕世寶物。他想起白髮老者送給孔二小姐的那三樣東西，若從歷史和藝術研究的角度去看，每一樣東西都不遜於傳國玉璽。白髮老者這麼做的目的，究竟在哪裏呢？

不管怎麼樣，日本人確實是衝著傳國玉璽來的。傳國玉璽對於日本人而言，到底有什麼作用呢？

他想了一會兒，又敲起石牆來：卡特先生，你難道沒有想過要逃出去嗎？

那邊很快就傳來了聲音：這三個多月來，我嘗試過各種脫身的方法，都失敗了。

苗君儒皺起了眉頭：難道任他們把我們永遠關在這裏不成？

卡特回答：沒有辦法，聽天由命吧！莫非你有什麼辦法出去？

苗君儒回答：辦法是人想出來的！

之後就是很久的沉默。苗君儒坐回床上，再一次打量這間石室，除了身下坐著的這張床和四周厚實的石牆外，就只有角落裏那只用來便溺的小木桶了。

小木桶的邊沿上有不少顏色暗黃的尿斑，不知道有多少人被關在這裏後，往木桶裏便溺過。他似乎有了尿意，起身來到木桶前。

淡黃色的尿液落入木桶內，發出很響亮的聲音。

最後幾絲尿液沿著木桶的邊緣流在地上，滲進了泥土裏。望著那濕漉漉的地面，苗君儒頓時計上心來。為什麼不能學一學鑽地鼠，從地下逃走呢？只要用水把地面打濕，泥土就軟了，挖起來也省力。

他衝到鐵門邊，對著外面喊道：「來人，我渴，給我水！」

不一刻，那個漢子把一個裝水的陶罐子放在鐵門下方的小孔邊。苗君儒突然伸手，抓住那個漢子的手，扣住了對方的脈門，低聲道：「把門打開！」

不料那個漢子大聲叫起來：「來人哪！」

雜亂的腳步聲很快來到了鐵門邊，一個聲音呵斥道：「早就對你說過，不管他們怎麼鬧都不要管，每天小心送兩餐飯一碗水就行。來，你們幾個幫他拽出來！」

苗君儒把雙腳抵在鐵門上，雙手死死抓著那支手，任由那幾個人怎麼用力，也無法拽動分毫。隨著一聲慘叫，他頓時覺得手上一鬆，一條滴著血的完整胳膊，被他由小孔中扯了進來。

他仔細一看，見斷手處的肌肉平整，並不是被活活扯斷，而是被人用利刃砍斷的。那些人的心也真夠狠，為了不受他牽制，連手都不要了。

那個聲音叫道：「你們幾個把他抬出去，今後只要多幾個守在口子上就行。」

苗君儒從鐵門上方的小孔望去，見幾個人抬著那斷了胳膊的漢子沿著台階往上走，指揮他們的是一個右臉上有一個很大黑痣的中年人。

那人站在台階上，指著苗君儒冷笑道：「無論你是什麼人，只要到了這裏，就別想著能出去，除非你是孫猴子，有七十二變，變個蒼蠅飛走！」

苗君儒望著這個人的背影，覺得似乎在哪裏見過，一時間也記不起來。

那些人都上去了，整個地方頓時安靜下來。「篤篤」的敲擊聲又響起來了，是卡特先生在勸他：沒有用的，你出不去的！

苗君儒回覆：我已經找到出去的辦法了，不過需要時間！

在接下來的日子裏，他每天除了用摩斯電碼與卡特交流考古方面的知識與心得外，就是用那一碗飲用水和自己的尿液淋濕地面，在床上扳下一小塊木板來當工具開始挖掘。為了防止外面的人看到，他將挖掘的地方選擇了離鐵門不遠的角落裏，沿著石牆的基腳往下挖。那裏是死角，外面巡視的人就是站在鐵門邊都看不到。

他將挖出來的土堆到床底下，也就不會讓外面的人察覺。三天的時間，就挖了一米多深，下面仍是石牆的基腳，也不知道有多深。

只要挖到牆基的最底端，就有辦法出去了。埋頭潛心挖洞打算逃走的苗君儒，並不知道外面發生了什麼事情。

第四章

危機中的危機

郭陰陽用手指在苗君儒的手心寫著字。
寫到後來，郭陰陽的手指越來越慢，
苗君儒感覺一股奇特的力道注入他的體內，
他大驚道：「前輩，你為什麼要……」
苗君儒正要掙扎著退到一邊，不料雙膝一麻，
不由自主地跪在郭陰陽面前……

在苗君儒離奇失蹤之前，廖清就預感到有事要發生。因為苗君儒從陝西回到重慶的當晚，就曾經對她說過傳國玉璽與那具腐屍的事，並和她一起去圖書館查找關於胡清的相關資料。

女兒程雪梅在苗君儒失蹤前還見過他，他專門來找她的，好像有什麼事情。只可惜她當時在講課，沒能與他見面。

他們去圖書館尋找資料時，感覺有人在跟蹤他們。她提醒他注意，可他並沒有放在心上。

若估計得沒錯的話，他應該找到了一些線索，否則他不會失蹤。

苗君儒失蹤後，她去找苗永建，得知苗君儒被關在一個很安全的地方，沒有生命危險，只是暫時失去自由而已。

苗永建擔心如果將這件事鬧大的話，會令某些人狗急跳牆，而直接威脅到父親的生命，他求廖清不要輕舉妄動，交給警察局去處理就可以了。

在回住處的路上，夜晚的清風勾起了廖清無限的回憶，當年在北大的校園裏，也是這樣月光皎潔的夜晚，她和苗君儒在婆娑的樹影下談論著人生的理想。如果當初不是聽信謠言而被程鵬輕薄了的話，她就會嫁給心愛的男人，絕不會像現在這樣活得這麼痛苦。

她拐上一條小徑，往前走一段路，就到她住的兩層紅磚樓房了。

這時，從側面的樹影裏走出一個人，向她走來。

她本能地後退幾步，回頭看了一下不遠處幾個學生走動的身影。倘若那人再往前走的話，她就會發出叫喊。

也許那人看出了她的害怕，在離她十幾步遠的地方站定，低聲說道：「廖教授，請別害怕，我不是壞人，我是為苗教授的事來找你的！」

廖清仍警覺地問：「你是什麼人？」

那個人說：「我只是一個不願做亡國奴的中國人！」

像這樣的話，廖清聽到過很多，每一個有骨氣的中國人都不願做亡國奴。她上前走了幾步，問道：「你找我有什麼事？」

那人朝左右看了一眼，說：「在這裏說話不方便，如果你相信我的話，請隨我來！」

那人說完，轉身朝一條偏僻的小路走去。廖清想了一會兒，跟在那人的身後，與那人始終保持著十幾米的距離。往前走了一陣，來到一個八角涼亭中。

她以前與苗君儒散步時，到過這個涼亭幾次，這裏地處偏僻，來遊玩的行人很少。望著這破敗的小亭和那滿地的落葉，苗君儒往往會發出很多人生感歎。

那人進了涼亭，坐在亭子裏的石凳上，頭也不回地說道：「廖教授，如果你害怕的話，就站在亭子外面！」

廖清微微一笑，走進了亭子裏，坐在那人的對面：「雖然我是個女人，但是我並不膽小！」

這一路走來，她已經看出這人對她沒有惡意。

「廖教授，我只把我所知道的告訴你！」那個人接著說：「一個月前，日軍突然出動大批軍力，對我陝西藍田縣和周邊的幾處抗日根據地進行瘋狂掃蕩。由於得到苗教授派出的學生的警示，我們有一處敵後醫院的幾十名傷患安全轉移。考慮到苗教授師生的安全，我們的人在撤退後，派出了五名遊擊隊員尋找他們的下落。後來我們才知道，苗教授和他的學生安全回了重慶，而我們的那五名遊擊隊員至今下落不明……」

廖清說道：「這事我聽他回來說起過，來找他們的那幾個人，都被一具腐屍給殺死了！他還說有個人臨死前要他們去玉川找胡老漢，可是他們沒有去！」

那人說：「據我們所知，那具腐屍是在日軍瘋狂掃蕩之後出現在那片地方的，當地人叫山神！有老鄉還看到一隊日本人在那些地方的山上轉來轉去，好像在尋找什麼東西，那隊日本人中，有一個年紀較大的老頭子。奇怪的是，苗教授他們離開那裏之後，日本人也不見了！廖教授，我今晚來找你的目的，是想知道苗教授去那裏究竟是要找什麼？」

從這人說話的口氣中，廖清已經知道對方是什麼人了，對這樣一些堅持抗戰的中國人，她向來都心存敬意，自然不會有所隱瞞。她說道：「他是去尋找古代猿人化石的，但是據他說，在一個偶然發現的山洞中，找到了有關傳國玉璽下落之謎的信件，是唐末紫金光祿大夫胡清留在那裏的！」

那個人說：「苗教授的失蹤，一定與傳國玉璽有關，那隊日本人要找的，一定也是傳國玉璽！」

廖清微微笑道：「我早就想到了！這事除了我之外，李教授也知道的，你怎麼沒有去找他？」

那個人微笑著說：「我和他不是同一路人！」

廖清憶起李明佑雖是考古學教授，但還有一重身分，就是國民黨員，還是復興社頭目康澤的外甥。那個人怎麼敢去找他呢？

廖清問道：「你們還知道什麼？」

那個人說：「據我們得到的情報，在距歌樂山新開寺不遠的一處歐式別墅中，出現了我剛才所說的日本人，而那棟別墅是孔二小姐的住處，距離蔣介石的林園官邸沒多遠，出入戒備森嚴，一般的人無法靠近！」

廖清問：「你的意思是孔二小姐和日本人勾結？」

那個人笑了一下：「現在是國共合作共同抗日，有些話我們可不敢亂說，再說孔二小姐可不是一般人。」

在這樣的非常時期，有些話確實不能亂說。廖清問：「那你為什麼要告訴我這些事？」

那個人說：「我們懷疑苗教授就被關在那裏！裏面的具體情況，我們還沒有摸清，一旦有消息，我會通知你的。我們都是中國人，不希望傳國玉璽落到日本人的手裏。」

說完話，那人起身，走到亭子外，接著說道：「廖教授，你也要注意，國民黨特務可不是吃素的！」

幾天後，廖清收到一封署名內詳的信件，她找了個沒人的地方打開，見紙上只有幾行書寫工整的字：廖教授，日本人秘密離開了重慶，去向不明。我們已經探明那棟別墅的下面有民國初年時期西班牙人修建的地牢，我們已經開始實施營救計畫。

看完信，她把信燒了。她相信這些人的辦事能力，也許他們救出苗君儒的目的，是想他搶在日本人的前面，找到失蹤了上千年的傳國玉璽，不讓寶物落到日本人的手裏。

幾天後，苗永建不顧廖清的勸阻，堅持要與李明佑一同去皖南。

民國三十四年三月四日，壬申日。再過兩天就是驚蟄。

婺源，浙源虹關村。

虹關村位於婺源縣北部，由此翻越浙嶺可到休寧縣，是一個具有一千多年歷史文化的村落，村民皆為詹姓。村中有一株上千年的古樟樹，胸徑達四米，高二十多米，冠幅面積超過三畝，被文人騷客譽為「江南第一樟」。

光緒年間，有風水堪輿先生路過此村，見古樟樹大氣磅礴，其冠猶如帝王之華蓋，都預言此村必出大人物。可是幾十年過去了，除了幾個在外地做生意的詹姓人外，大人物並未出現，也不知道是什麼原因。

這天清晨，一詹姓老漢牽著自家的公牛去嶺腳村那邊配種，途經一山谷，山風吹來，聞到一股熏人的血腥味。他循著味道望去，被眼前的景象嚇個半死。

在離他不遠的側面山道上，散落著一些人體殘肢，鮮血飛濺到山道兩旁的樹葉上，紅綠相間，顯得格外刺目。

他在山村裏無憂無慮地生活了大半輩子，平素連個死人都很難見得到，哪裏見過這樣的慘狀，當即兩腿發軟，再也顧不上身後的牛，連滾帶爬地跑回村裏。

得到消息的保長詹永誠，一面派人通知縣裏，一面帶了幾個背著槍的鄉丁，和村裏的仵作工詹二趕往現場。

當他們來到山谷中，也被眼前的景象嚇呆了，幾個鄉丁當場吐得一塌糊塗。饒是詹永誠自忖膽大，也嚇得臉色發白。

詹二從年輕的時候就幹仵作，不管是短命早喪的還是壽終正寢的死人，都是經他的手處理，穿上殮衣後才下葬的。他見過各種各樣的屍體，所以並不覺得害怕。他向前走了幾步，仔細分辨著那些殘肢斷骸，正考慮著用什麼辦法收拾。冷不防有一隻血手從他身邊的草叢中伸出來，抓住他的腳踝。

他嚇了一大跳，喊了一聲「詐屍了」，轉身就跑。那幾個鄉丁被他這麼一喊，早已經腳下抹油，跑出十幾丈遠了。

大白天的怎麼會詐屍？詹永誠拔出腰間的盒子槍，張開了機頭，眼睛緊緊盯著前面，只要一見情況不對，就立刻開槍。

少頃，從草叢中探出一個血肉模糊的人來。那人微弱地朝這邊喊道：

「我……我沒死……還……活著……」

死人是不會說話的。詹永誠的手指搭在扳機上，朝前面大聲喊道：「我是這裏的保長，你是什麼人，到底發生了什麼事情？」

那人回答說：「我們……是北大……考古……在……這裏遇到……遇到了……日本人……李教授……是……是……」

說完這些，那人的頭一歪，再也說不出話了。

詹永誠朝後面的鄉丁一招手，罵道：「媽的，我都不怕，你們怕什麼？」

那幾個鄉丁挨了罵，和詹二一起畏縮著走上前。

只要不是詐屍，詹二就不怕。他來到那人的身邊，用手一探，見那人已經沒了呼吸，扭頭對詹永誠叫道：「保長，他死了！」

詹永誠對身邊的幾個鄉丁叫道：「你們往山上搜搜看，看還有沒有活人！」

一個鄉丁低聲說道：「保長，他剛才說遇到了日本人，日本人怎麼會到這裏來？」

詹永誠皺起了眉頭，是呀，日本人怎麼會到了這裏來呢？婺源古屬徽州，處於浙贛皖三省交界處，東面是浙江開化，南面是德興縣，西面是景德鎮，北面是安徽屯溪。縣內群山逶迤，山高林密，自古匪患不斷。與外界相通的，只是幾條簡易公路。簡易公路都是沿著山腳修建而成，背山臨河或是兩山相夾，蜿蜒而崎嶇，寬不過四米，最窄處還不到兩米，剛好容一輛馬車通過，這樣的地形最適合打伏擊。

一九四〇年日本人打到了屯溪，有兩個聯隊的日軍想通過婺源直達德興，當行至距離縣城五十公里一處叫夫妻嶺的地方，遭到國民黨一個營的兵力狙擊。夫妻嶺上下十五華里，地勢十分險要，日軍動用了飛機大炮，苦苦打了幾天幾夜，死傷一兩百人，都沒能登上夫妻嶺半步。夫妻嶺上參天的大樹，擋住了射向士兵們的子彈。這一仗，國民黨這邊只死了十四個人，其中有兩個還是被倒塌的樹木壓死的。

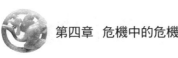

在這樣的環境面前，日軍的裝備優勢根本無法正常發揮出來。最後沒有辦法了，日軍只得改變前進方向，繞道景德鎮南下。抗戰最困難的時候，有三個師的國民黨兵退進了婺源。成功佔領了開化、德興、景德鎮與屯溪四處的日軍，望著這莽莽大山，卻也無可奈何。抗戰七年來，沒有哪一隊日軍成功侵入婺源，這個處於三省交界處的小縣，享受著抗戰以來那份獨有的寧靜，鄉民日出而作，日落而息，很少聽到槍炮聲。

所以當詹永誠聽到那個人臨死前說的話後，他也不相信日本人會進來。更何況這浙嶺一帶的山上，活躍著一支共產黨人領導的遊擊隊，領頭的隊長叫倪南山。兩年前聽說有一小股日軍想偷越浙嶺，被遊擊隊給消滅了。從那以後，就再也沒有這方面的消息。

對於倪南山這個人，詹永誠是有些瞭解的。據說當年夫妻嶺的那一仗，若不是倪南山率領遊擊隊沿途阻擊，遲滯日軍的行軍速度，只怕沒等國民黨兵趕到，日軍就過了夫妻嶺。一旦日軍過了夫妻嶺，那仗再打起來，就要困難得多了。

聽說倪南山不在這邊了，現在的遊擊隊長叫胡澤開，是高砂鄉考水村人。紅軍鬧革命的時候，胡澤開的父親給山上的紅軍送過飯，被本村的族長胡德謙派人抓住，送到縣裏槍斃了。胡澤開為報父仇，上山當了紅軍，一心要為父親報仇，幾次帶人攻打考水村，都沒能抓住胡德謙。

浙嶺下的幾個鄉鎮的鄉長和保長，都和他一樣，與遊擊隊有一定交情，保持著互不侵犯的原則。縣裏多次要各村的保安隊配合剿赤匪，可保安隊大多做做樣子，即使上山，也只是槍口朝天放槍。

一九四一年皖南事變後，聽說一部分逃出來的新四軍加入了這支遊擊隊，使遊擊隊的勢力更加壯大。有遊擊隊在，無疑使婺源多了一道抗擊日軍的屏障。

鄉丁們在附近的山上轉了一個圈，並未發現活人，連死人也沒看到一個。

死人臨死前說的話不可不信，令詹永誠想不明白的是，就算日本人要進來，也不可能走彎路翻越浙嶺，輕易通過遊擊隊的地盤。他在休寧見過日本人殺人，是皖南事變中抓到的新四軍，通常是槍殺，也有砍頭砍身子和活埋的，但絕不可能像這樣把人撕成碎片。

詹二一邊收拾人體殘肢，一邊嘀咕著：「真慘呀！他們好像不是被人殺的，而是被野獸咬死的！」

早在民國初年，浙嶺上就曾經發生過老虎吃人的事件，至於狼和熊這類的吃人動物，更是經常有人見到。

被野獸咬死的人，屍體殘缺不全。可是這些殘肢被收拾起來後，還能拼湊出完整的人來。連同最後死的那個人，一共是四具。

詹永誠要幾個鄉丁就在山坡上砍了些山藤和木棍，紮成四副擔架。將死屍放在擔架上，等縣裏來了人之後再做道理。

下午，縣保安大隊的隊長方志標和警察局局長羅中明，騎著高頭大馬帶著人來了。他們看著放在擔架上的屍體，聽詹永誠講了經過。

羅中明查看了一下死者遺留下來的東西，說道：「他們從重慶過來的，是來考古的。」

方志標說道：「這些人也真是的，也不看現在是什麼時候，考什麼古嘛！考得連命都沒有了！」

羅中明說道：「這是他們的工作！」

方志標陰沉著臉說道：「羅局長，我懷疑是山上的那幫人幹的！」

他指的是山上的遊擊隊。

羅中明說道：「據我所知，山上的那幫人不會輕易亂殺人，更何況是這麼殺人。從斷裂處的痕跡和鮮血噴濺的角度看，倒像是被巨大力量給活生生扯開的。什麼動物有如此大的力氣把人扯開呢？」

幾個鄉丁異口同聲說道：「狗熊！」

浙嶺一帶的山上，確實生活著不少狗熊，秋冬兩季，常有狗熊下山尋找食物而傷人的事情發生。此時正值隆冬季節，不單是狗熊，連野豬和猴子也都竄到村邊來尋找食物。

羅中明說道：「從屍體的完整度上看，絕不是被野獸咬死的。更何況，那個人臨死前說遇到了日本人。」

方志標笑道：「日本人會這麼殺人嗎？我看一定是那個人看花眼了，抗戰這麼多年，日本人一直不敢進來。再說了，就算日本人想進來，也只會走大路，怎麼會往這山裏鑽？」

羅中明說道：「方隊長，我看這件事沒有這麼簡單！要不你先派人通知附近幾個村的鄉民，一旦發現有陌生人，就立刻向村公所報告！」

方志標點頭稱是，命令手下的人四處去通知了。其餘的人則從山坡上砍了一些乾樹枝，燒起了一堆火，圍著火堆烤火。

羅中明沿著山道往前走了一陣，一雙犀利的眼睛仔細搜索著山道兩旁的草叢，想從中找到一些線索。在他的身後，詹永誠正指揮著幾個鄉丁抬著那幾具屍體回村。

山道上除了一些雜亂的腳印外，什麼痕跡都沒有。他蹲下身子，辨別著那些腳印的樣子。終於，在一處有水流過的地方，他看到了一個很清晰的右腳腳印，從腳印前後的方向看，留下這個腳印的人，當時正從山上走下來。當他看清那腳印左淺右深的形狀時，他的頭驀地大了許多。

有著二十多年警探經驗的羅中明，一看那腳印的左右深淺度，就知道是不是本地人留下的。本地鄉民由於從事農耕的緣故，腳大而寬，通常穿草鞋或赤腳，從山上下來，肩膀都會扛著一擔或多或少的木柴，重心在前面，留下的腳印較為平整，一般腳印為前深後淺的形狀，即使是山上的遊擊隊員留下的，腳印也與鄉民們一樣。

天生羅圈腿的人，走路重心在身體的兩側，才會留下這個左淺右深的腳印。在婺源，天生有羅圈腿的人極為少見，而日本人，百分之九十以上都是羅圈腿。

在敵佔區，有一條分辨敵我的金科玉律，只要辨清地上的腳印，就知道經過的是日軍還是國軍。

那個人說得不錯，確實有日本人偷偷摸進了婺源，但從山道上的痕跡看，這夥日本人並不多，應該不會超過三十個人。

羅中明站起身，望著遠處連綿起伏的青翠山巒。他實在想不明白，這夥日本人來婺源做什麼？且不說駐守在縣城裏的一個團的正規部隊，單就縣保安大隊和他警察局的幾百人，就可以將這點日本人消滅掉。何況各村還有維護治安的鄉丁，若集中起來的話，不下五千人。

幾十個日本人闖進來，無疑自尋死路。

站在山道上思索問題的羅中明並不知道，駐紮在屯溪、景德鎮、開化、德興四個地方的日軍得到來自上頭的命令，正積極從別的地方抽調部隊，分四路向婺源進攻，總兵力達兩千多人。

北大考古隊在婺源境內遇難的消息傳回重慶，一時間舉世震驚。

由李明佑帶隊的北大考古隊，一行人共有六個，既然只發現了四具屍體，那也就是說，還有兩個生死未明。

正在教室上課的廖清得到消息，登時臉色發白，那天她勸苗永建不要去，可是他不聽。

回到住處，廖清呆呆地站在窗前，回想著這段時間所發生的事情。前幾天，那個找過她的人寫信告訴她，說他們先後採取了兩次行動，都未能將人救出。不過他們已經弄清，在地牢裏面，除了苗君儒外，還關押著一個神秘的人物。

這下好了，苗君儒還沒被救出來，現在又搭上一個。廖清望著夜空中的星星，心亂如麻，但願那死的人裏面沒有苗永建。

她向學校提出申請，要去婺源收屍，可是校方說什麼都不答應。眼下時局混亂，誰都無法保證她的安全。

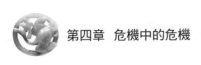

重慶當局很快得知屯溪、景德鎮、開化、德興四個地方的日軍的軍事行動，連蔣介石都蒙了，弄不懂日軍為什麼會集中那麼多兵力，去進攻一個毫無軍事價值的偏遠小縣。

自太平洋戰爭爆發以來，日軍將侵華的大部分兵力都轉到太平洋島嶼和南亞等地方去了，平常駐紮在那四個地方的日軍，加起來不過數百人。自一九四四年初開始，日軍在太平洋戰場上節節敗退，為挽回敗勢，侵華日軍集結兵力，意圖打通從東北到越南的「大陸交通線」，打算做最後的頑抗。

這種時候，日軍的主要兵力，都糾纏在了豫湘桂戰場上。一下子集中這麼多兵力攻打婺源這個小地方，這在整個中國的抗日戰場上，還是極為少有的，更何況是在兵力嚴重不足的情況下。

國民黨參謀總部和軍政部國防部的高參們，想破了腦袋都無法猜出日軍此舉的意圖。

最後，蔣介石做出決斷，命軍政部長陳誠電令婺源縣縣長汪召泉，組織地方武裝力量，配合駐守在婺源的一個團的正規軍，利用婺源的有力地形，積極予以抵抗。又命第三戰區司令長官顧祝同，從浙江戰場上抽調六個師的兵力，由浙江的衢州常山向江西的玉山上饒方向迂迴進攻。接著又命第一戰區司令長官程潛，從皖中戰線上抽調四個師的兵力，沿旌德屯溪一路南下。

佈置完這一切，蔣介石放下心來，回到收復豫湘桂等省的作戰地圖前面去了。在他的心裏，並沒有把日軍的這次行動當一回事，就算婺源被日軍侵佔，也沒有什麼大不了的。他要打一場大勝仗，把那幾個月來在豫湘桂戰場上丟失的臉面給找回來。

所有的人都不知道，中國正面臨一場前所未有的危機。

紫色的落地窗簾遮住了從窗外透進來的光線，美國進口的高檔留聲機輕輕地轉動著，房間內迴盪著李香蘭那甜美的聲音。這種充滿情調的地方，往往最適合情人的約會。

戴笠是一個很少講情調的人，他坐在一張寬大的歐式皮椅上，左手拿著一杯紅酒，右手正玩著一把微型左輪手槍，空氣中瀰漫著火藥味。在他面前的桌子上，放著幾份文件。

在桌子另一邊的地毯上，倒著一個人，那人額前中彈，子彈從後腦穿出，鮮血和腦漿噴濺到對面的牆上。

聽到槍聲的侍從官從外面推門進來，看見戴笠那陰沉的表情，嚇得兩腿一軟，不知道該進去還是退出來。

倒在地毯上的那個人，是軍統駐昆明站的副站長，幾分鐘前進去向戴笠述職的，也不知道他究竟做錯了什麼，以至於把命也送掉了。

這些天來，誰都知道戴局長的火氣很大，動不動就開槍殺人，單就昨天，就有兩個人死在他的槍下。

沈醉走到樓梯口的時候，聽到房間內傳出的槍聲。他早就知道那個昆明站的副站長該死，在日軍逼進昆明的時候，這個副站長居然把城內的軍事部署，透露給了一個日本女特務，還以為這事沒有人知道。

這樣的人，還不該死嗎？

另一個侍從官看到了沈醉，就好像看到了救星，忙上前說道：「沈科長，你看……」

沈醉沒有回答，顧自來到門邊，叫了一聲「報告」，聽到戴笠那句沙啞的「進來」後，他正襟走了進去，一眼就看到倒在地上的屍體。

他朝後面揮了一下手，站在門邊的兩個侍從官立刻上前，手腳麻利地把屍體抬了出去，並把門關上。

戴笠的臉色陰沉，喝了一口酒，懶洋洋地問：「調查得怎麼樣？」

沈醉說道：「報告局座，從情報來看，上川壽明應該還沒有達到目的！」

「等他達到了目的，就已經遲了！」戴笠問道：「我要的是，他來中國的目的究竟是什麼！」

沈醉說道：「連『玉龍』都不知道的機密，我們……」

戴笠斜視了沈醉一眼：「只要找到他，就知道他要幹什麼了！」

沈醉說道：「局座，我問過幾個玄學大師，他們都說不清楚！」

戴笠沉聲道：「都是一些江湖騙子，關鍵的時候派不上用場！」

沈醉說道：「我會儘快找到他的行蹤！」

戴笠道：「不管上川壽明來做什麼，最好的辦法就是找到他，殺了他！」

他的眼中露出凶光。

沈醉的心沒來由地一凜，低聲說道：「局座，還有一件事我想向您報告！」

他見戴笠不說話，於是接著說道：「就在前幾天，中共地下黨兩次派人去到孔二小姐住的地方，好像是救什麼人！據我們的情報得知，孔二小姐那裏還住著幾個日本人，其中有一個人的年紀很大，從年紀上猜測，應該不是上川壽明……」

戴笠聽得很仔細，微微點了一下頭。

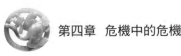

沈醉繼續說道：「我調查過了，孔二小姐住的那地方，是以前西班牙商人修建的，房子的下面有地牢，我懷疑失蹤的苗君儒，就被關在裏面。因為從學校裏帶走苗君儒的那輛車，是嘉陵公司的……」

戴笠擺了擺手，示意沈醉不要說下去：「這事不管總裁和夫人知不知道，繼續監視，不要輕舉妄動。那是一隻母老虎，我們惹不起的。你吩咐下去，全力追查上川壽明的行蹤！」

沈醉說道：「局座，上川壽明的行蹤雖然詭秘，可我認為要想找到他，並不難……」

戴笠喝了一口酒：「說下去！」

沈醉說道：「從『玉龍』傳出的那份情報看，日本人應該很重視上川壽明的行動，日本軍方絕對不會讓他輕易死在中國。三個多月前，日軍突然無故在陝西藍田縣一帶發動大規模的掃蕩，據我們得到的情報，有人在那一帶見過一隊很奇怪的日本人，其中有一個日本人，其年紀和長相，都很像我們要找的上川壽明……」

戴笠緩緩說道：「『玉龍』的情報來得還不算晚，但是我肯定，上川壽明的足跡，已經踏過了大半個中國！」

沈醉說道：「這一次，日軍無端集中兩千多人的兵力，從四個方向去進攻一個叫婺源的偏遠山區小縣，我認為日軍的行動值得商榷，也許上川壽明就在那裏！局座，我打算明天親自帶人過去！」

戴笠想了一會兒，說道：「這件事我另外安排人！你只注意孔二小姐那裏的日本人就行！」

沈醉敬了一個禮，轉身退了出去。來到門口，他抹了一把額頭上的汗，不明白戴笠為什麼叫他注意孔二小姐那裏的日本人，而不讓他去婆源。

十幾天後，當他得知在孔二小姐那裏做過客的日本人的真實身分時，才不得不佩服戴笠在處理某些問題的時候，確實經驗老到。

苗君儒在被關進來的當天，就知道這裏面關著的，除了他和卡特兩個人外，還有一個身分不明的中國老頭子。

能夠被關在這裏的人，想必也不是普通人。

一連幾天，每隔一段時間，白髮老者都會下來，進到那間關押著老頭子的石室裏。由於距離較遠，苗君儒聽不清他們在說什麼。

只要有空，他就沿著牆角往下挖，終於，在第八天的時候，挖到石牆的基腳了，那一刻，他與原本興奮的心情涼到了極點。原來基腳下面連著堅硬的岩石，整個建築物是直接挖通土層，修建在岩石上的，關在這裏的人絕對沒有挖洞逃生的可能。

石室的鐵門突然被人打開，那個臉上有黑痣的男人帶著幾個人出現在門口，那人一眼就看到了牆角的土洞，冷笑著說道：「我早說過，關在這裏的人，除非是孫猴子，只要是人，都沒有辦法逃出去！」

那人進門後閃在一邊，從外面接著走進來一個人，是白髮老者。

白髮老者的手上拿著一本顏色發黃的線裝書，苗君儒一眼就看到了封面上的那三個隸體字：疑龍經。

用於風水堪輿的奇書《疑龍經》，相傳為唐代術士楊筠松所著。楊筠松花費了畢生的精力，參悟了《周易》與《山海經》，並綜合了各家風水學說著成了兩部風水奇書，《疑龍經》和《撼龍經》。《疑龍經》共分上中下三篇，另附有《衛龍》與《變星》兩篇子篇，其精要主要是論述尋找龍穴的方法。歷代風水堪輿師，在尋找真命天子龍穴的時候，往往要借助此書的幫助。

至於《撼龍經》，其原本在宋代的時候就遺失了，現今流傳的《撼龍經》，都是後人編纂的，與原本大不相同。

白髮老者與苗君儒面對面默視著，誰都沒有主動開口說話。時間過去了足足二十分鐘，白髮老者才忍不住說道：「每一個優秀的考古學家，其實就是一流的風水師，我說得沒錯吧？」

苗君儒問道：「他是誰？」

站在門邊的幾個人聽不懂苗君儒問的是什麼人，但是白髮老者聽明白了，他微微一笑：「一個死了很多年的人，你知不知道都無所謂！」

苗君儒說道：「據我所知，自今流傳於世的《疑龍經》，都是後人修正過的版本，很多內容都被改變了，只有唐代的佛香紙，才是真正的楊筠松原著，是他親手所寫。除《疑龍經》外，還有一本《撼龍經》。」

相傳楊筠松在寫《疑龍經》與《撼龍經》時，為了保證經書的靈氣，所用的紙張都是特製的佛香紙。就是將用於供佛的香檀木灰加到製作紙張的材料中，這樣製作出來的紙張，有一種天然的檀香味，經久而不散，螻蟻不咬，蟲鼠不侵。據說這種紙張的製作工藝是玄奘法師從天竺國帶回來的，只可惜當時只限於皇家寺院製作，到唐玄宗的時候，不知怎麼，這種工藝竟沒有繼續流傳下來。

白髮老者往前走了幾步，把《疑龍經》遞到苗君儒的面前，笑道：「不虧是苗君儒，果然與別人不同！」

苗君儒立刻聞到了一股沁人心脾的檀香味，他說道：「你連虎頭玉枕那樣的寶物都能弄到手，這本佛香紙版的《疑龍經》，自然不在話下！」

白髮老者點頭：「我花了很大的心血才找到這本書！」

苗君儒問：「我有點想不明白，你把那三樣寶貝輕易送人，卻視這本風水書為至寶，不可能沒有原因的吧？」

白髮老者並不回答苗君儒的話，卻把話題岔開：「有些東西雖然是寶物，但不是每個人都稀罕。聽說當年孫殿英挖開東陵的時候，只取走了那些金銀珠寶，把那些古典書籍給扔了……」

苗君儒冷笑道：「那是我們中國人的事情，和你們日本人有關嗎？你要想研究中國風水的話，大可在日本研究，沒必要跑來中國！」

白髮老者笑道：「我想在你們中國為我選一塊風水寶地，難道不行嗎？」

苗君儒哈哈大笑道：「當然不行，我們中國的風水寶地只葬我們中國人。你若是死在中國，不怕變成孤魂野鬼，回不了家嗎？」

白髮老者臉上的肌肉抽搐了一下：「已經有那麼多日本人在你們中國變成孤魂野鬼了，多我一個也不算多！」

接著，他對身後的人說道：「把他與那個死人關在一起！」

苗君儒跟著那個臉上有痣的男人走了出去，早有人把最角落裏的那間石室的門打開了。他看了一眼身邊的情形，若僅僅是這幾個男人的話，他可以在五招之內把所有的人制服，可是有白髮老者在，他根本沒有勝算的機率。

既然白髮老者要他幫忙，就一定有離開這個地方的機會。他神色坦然地走進那扇專門為他打開的鐵門，身後傳來白髮老者的聲音：「我相信你在他身上，一定能得到一些啟發！」

苗君儒剛一進門，鐵門就在他的身後沉重地關上了，外面傳來紛雜離去的腳步聲。在這些腳步聲中，其中一個人的腳步聲很輕，輕得就像蚊子落在棉花堆上。若不是他功力深厚，具有超乎常人的聽覺，否則根本就無法聽得到。

他知道那就是白髮老者，單從腳步聲上，就已經知道白髮老者的功夫，已經到了登峰造極的地步，難怪他不是白髮老者的對手。

石室內有一股很難聞的臭味，在苗君儒斜對面的角落裏，坐著一個人。他很奇怪這個人為什麼不坐在床上。時值隆冬季節，地上冰冷刺骨，一般的年輕人坐上個十幾分鐘都吃不消，何況還是一個老人。

他雙手抱拳，按江湖上的規矩施了一個禮，說道：「在下是北大考古學教授苗君儒，請問前輩是……」

那個人動也不動，垂著頭僵坐著，如同死了一般。

苗君儒正要上前，突然聽到一陣沙啞蒼老而深沉的聲音，彷彿從地底傳來的：「你就是苗君儒？」

苗君儒點頭道：「在下正是苗君儒，請問前輩如何知道我的名字？」

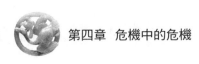

聲音繼續傳來：「聽說水神幫有個長老是北大的教授，應該就是你吧？」

苗君儒頓時大驚，民國十七年，他為了尋找黃帝玉璧，加入了長江上一個古老的幫派——水神幫，並有幸成為該幫的長老級人物。抗戰開始後，他隨學校遷移到重慶，從此與水神幫失去了聯繫。（此事見懸疑考古系列之《黃帝玉璧》）對於他的這段經歷，並沒有幾個人知道。

他問道：「前輩，莫非你是水神幫的人？」

那人搖了搖頭：「水神幫裏有我的朋友！」

苗君儒恭敬地問道：「請問前輩怎麼稱呼？」

那人抬起頭來，用一雙骨瘦如柴的手撩開遮住臉部的花白長髮，露出一張極為恐怖的臉來。苗君儒看清那張臉的樣子，本能地嚇了一大跳。那是怎樣的一張臉呀？雙頰乾枯無肉，眼窩深陷，根本看不到眼珠子，嘴巴也是一個黑咕隆咚的空洞，連舌頭都沒有。若不是確認對方是活人，他還以為是一具乾屍呢。

只是這人已經沒有了舌頭，不知道怎麼竟然能夠說話。

那人的嘴巴不動，聲音卻再一次傳了出來：「你聽說過郭陰陽嗎？」

苗君儒知道這世間有些人精通腹語術，嘴唇不動照樣可以說話，他低聲道：「前輩說的是給馮國璋看過祖墳，並給袁世凱算過命的郭三威？」

那人「嗯」了一聲：「那都是過去的事了！」

有關郭陰陽幫馮國璋家看祖墳的事，民間早有傳聞。馮國璋幼年家境貧困，世代務農，荒年常不能自給。光緒八年祖父病逝，安葬在屋旁不遠一塊地勢低窪的平地上，墳頭荊棘叢生，淒荒冷落。馮國璋的父親馮春棠認為自己家運不暢，是由於祖墳的風水不好帶來的，特意到離家三十里之遙的黃家墳請來了一位名叫郭三威的著名陰陽先生。郭三威，人稱郭陰陽，長得雖不起眼，但在當地的名氣卻不小。據說他看的陰陽宅，說你家出多大官就能出多大官。

這天，郭三威來到馮國璋祖父的墳頭，四周看了看，摸了摸嘴邊幾根黃鬍子，對馮春棠說，只要把這墳的山向調調，保準馮家當世就出大官，只是他洩露了天機，日後一隻眼要瞎。

馮家人趕緊請郭陰陽點撥，並說日後發跡，將永世不忘！

郭陰陽就對馮家的祖墳仔細進行了點撥，重新定了明堂，山向。一年後，郭三威果然瞎了一隻眼。後來馮國璋發跡，對郭三威感恩戴德。從那以後，郭陰陽的名氣更大了。

袁世凱當上民國大總統後，專門派人請來了郭三威，想算一算他的帝王之命如何。郭三威看過袁家的祖墳，又替袁世凱排了生辰八字，袁世凱才問：「龍興之運，年數如何？」郭掐算了一番回答：「若統，則四六之數，若稱帝，當過八二之數。」袁世凱再問八二之數如何解釋？郭陰陽回答：「帝位長久，事後自知，恐遭天譴，不敢洩露天機也！」

袁世凱稱帝之心既定，心想至少應該能夠維持個幾十年，不想一稱帝就遭到了全國人民的唾棄，他這個洪憲皇帝只做了八十三天，就一命嗚呼了。

八十三天，剛過八二之數，袁世凱一死，郭陰陽的名氣更大，很多達官貴人紛紛上門算命。但奇怪的是，郭陰陽從此失蹤了。

郭陰陽若還在世的話，至少已過百歲年紀。苗君儒望著面前這個形若乾屍的老人，實在不敢相信對方就是郭陰陽。

郭陰陽從懷中拿出一個紫色陰陽魚羅盤，說道：「我這羅盤是大明三寶太監鄭和下西洋時，洋毛子獻的貢品，是陰沉木的，跟了我一輩子，送給你吧！」

苗君儒也不客氣，說了句「多謝前輩」，就接了過來，他見羅盤上畫著九宮九星，八卦五行，天干地支，陽順陰逆，五方五圓等，拿在手裏，還真有些沉。

郭陰陽說道：「從你一進來，我就知道你並非凡人，現今萬民遭劫，國運多難，諸事就應在你一人身上……」

苗君儒說道：「前輩，沒有這麼嚴重吧？」

郭陰陽說道：「《疑龍經》與《撼龍經》兩部風水孤本，現今落在日本人手裏，日本人逼我講解經文……我自斷其舌……」

苗君儒見郭陰陽的身體不斷顫抖，忙上前扶住，當他的手接觸到郭陰陽的手時，感覺不到一絲脈搏，當下大驚道：「前輩，你……」

郭陰陽吃力地說道：「我只是一具……行屍……走肉，與死屍……沒有什麼……區別。《疑龍經》與《撼龍經》……乃……唐代原本，內藏……千古……玄機……日本人……想破解……玄機……意在亡我中國，其心可誅……」

苗君儒問道：「前輩，怎麼樣才能制止他們？」

郭陰陽說道：「這個日本人……也是個……高人……玄機……遲早會被他……破解……要拯救萬民……於水火……唯一的方法就是……幫他們……」他頓了一下：「你把手伸過來！」

苗君儒把手伸過去，郭陰陽用手指在他的手心寫著字。

寫到後來，郭陰陽的手指越來越慢，苗君儒感覺一股奇特的力道，透過他的手心注入他的體內，他大驚道：「前輩，你為什麼要……」

苗君儒正要掙扎著退到一邊，不料雙膝一麻，不由自主地跪在郭陰陽面前，耳邊傳來郭陰陽的聲音：「你不要亂動，當心走火入魔。我六十二歲隱居之後才開始修煉道家真功，原來只是想在人世間多停留些日子，研究《撼龍經》上的撼龍術，命之所終，也是世事所不能左右的。現在我把我畢生所學化成陰陽二氣，用道家的灌頂術傳給你，從今往後，你一人身繫國家安危，千萬要保住……」

郭陰陽的話還沒有說完，石室的鐵門開了，苗君儒登時感覺一股巨大的力道從身後湧來，他還沒來得及做出反應，身體就被那股力道擊飛出去，撞在石牆上。他從地上爬起身，嗓子一甜，吐出一口鮮血，見石室內兩道人影幻動，勁風撲面。少頃，只聽得一聲悶喝，接著「砰」的一聲，其中一道人影化成了碎片。

白髮老者站在床邊，望著滿地的碎肉，雙目如電地盯著苗君儒：「幸虧我早來一步，否則他把他的陰陽二氣全部傳給你的話，連我都不是你的對手！」

苗君儒的身體一軟，跌坐在地上，腦海中如放電影一般，閃過無數鏡頭，鏡頭裏的每一個人每一件事，都和他沒有半點關係，是屬於郭陰陽的。他在接受郭陰陽的陰陽二氣時，也將一部分意識接受了過來。

白髮老者哈哈笑道：「你現在是一個真正的風水師了！」

門外，一個身體健壯的日本忍者正飛奔著衝進來，把站在門口的幾個人都嚇呆了。

第五章

一流風水師

劉上校對苗君儒低聲說道：

「苗教授，你知道他是誰嗎？很少有人敢對他那麼說話！」

苗君儒說道：「他的天格生得好，鼻樑也不錯，

是個大人物，只可惜地格欠缺，

加上他的耳朵招風，只怕這三年之內……」

他並沒有往下說，有些事情是不需要說得太明白的。

中國古代的聖賢們認為：宇宙萬事萬物由三部分組成，即氣、數和象，三者共存，不可分開，又界限分明。氣，是客觀存在，按照現代科學觀點可假設為能量。數，是宇宙萬事萬物存在的程序或邏輯，按照現代科學觀點可假設為資訊。象，是氣根據數而存在的形式或變化的態勢。

《周易・繫辭》稱：「神無方而易無體」。神無方的「方」古文亦稱「方所」，就是方位，無方就是沒有位置，無所在，亦無所不在。

古代聖賢們認為世間萬物都由金、木、水、火、土五種元素構成，稱之為五行。而易經和佛經上所說的人體身上的精、氣、神，則為三元。所謂「五行成萬物，三元定真身」，就是講解人與自然的微妙關係。

研究玄學的先人將五行又稱為玄、道、元、一、水；稱玄，是因為資訊難以觀測；稱道，是因為資訊決定宇宙萬事萬物生化的必由之路；稱元，是因為資訊在有形質宇宙之始；稱一，是因為一為自然數之始；稱水，是因為地球生物發源於水。

風水學在長期的歷史發展過程中，隨著人類認識及科技進步不斷充實完善，由於認識偏重之差，形成了眾多流派。其中，最基本的兩大宗派：一種是形勢宗，因注重在空間形象上達到天地人合一，注重形巒，諸如：「千尺為勢，百尺為形」，所以又稱形法，巒頭，三合；另一種是理氣宗，因注重在時間序列上達到天地人合一，諸如：陰陽五行、干支生肖、四時五方、八卦九風、三元運氣等，所以又稱三元，理法。

元明以前，多以山川形勢，論斷於陰陽、五行生克之理，即以巒頭為重，諸如：晉人郭璞《葬經》；元明以後，注重天心合運，以理氣為重，效地法天，諸如：邵雍「卦氣運會」之說盛極。

中國風水學中「形法」主要為擇址選形之用；「理法」則偏重於確定室內外的方位格局；此外，還有「日法」用於選擇吉日良辰以事興造；「符鎮法」為補救各法選擇不利的措施。中國風水學按照應用對象：又分陽宅風水，即陽宅相法，專司生人居住的城郭住宅的擇址布形；陰宅風水，即陰宅葬法，專司死者的陵墓墳家的擇址佈置。

風水學的形勢派，注重覓龍、察砂、觀水、點穴、取向等辨方正位；而理氣派，注重陰陽、五行、干支，八卦九宮等相生相剋理論，並且，建立了一套嚴密的現場操作工具——羅盤，確定選址規劃方位。無論形勢派還是理氣派，儘管在歷史上形成了眾多的實際操作方法，但是，都必須遵循如下三大原則：天地人合一原則；陰陽平衡原則；五行相生相剋原則。

略懂風水的人，都知道這樣的理論，但在實際操作過程中，風水師面對千變萬化的山川地形，就要靠個人的悟性和修為了。同是一處絕佳穴位，可根據死者的生辰八字，選定不同的時間落土，至於明堂怎麼處理，案山的朝向，那就更講究了，出不得半點紕漏。

正因為如此，所以如練武的人一樣，風水師也分為很多種。一流的風水師，練有某種獨門法術，有移山定穴、相面觀星、洞悉天命、反轉陰陽之能。

郭陰陽正是依靠白髮老者手裏的那本佛香紙版的《疑龍經》，成為一流的風水大師。馮國璋家的祖墳，也正是由於他的點撥，才出了馮國璋這樣的大人物。

無論是相術師，還是風水師，都恪守著「萬物順應自然發展」的生存法則，知曉物極必反的原理，雖然他們洞悉一切，但從不輕易洩露天機，否則，就會給自身帶來惡運。

為了馮國璋，郭陰陽已經失去了一隻眼，所以當袁世凱找到他的時候，他再也不敢洩露天機了。袁世凱一死，他趕緊找個地方躲了起來。在一個不起眼的小鄉村裏，他改名為郭大仁，年過七旬的他還娶了三房妻妾，過起了世外桃源般的生活。

他算準了自己有一〇三歲的壽命，晚年將有一劫，所以廣積德行，遇佛上香，建橋修路。好容易熬到了這一年，他以為可以平平安安地躺進那副金絲楠木棺材中入土為安，哪知道還是躲不過。

白髮老者望著端坐在地上的苗君儒，見苗君儒的頭頂冒出團團白氣，額頭汗如雨下，身體發出一陣陣的顫抖。

那個身體健壯的男人，正一臉惶恐地躬身站在白髮老者的身後。門口的那幾個人一個個臉色發白，大氣都不敢出。

白髮老者的瞳孔慢慢地收縮著，幾分鐘前，他身後的這個侍衛告訴他，日本的「玄學大師」上川壽明，到了一個叫婺源的地方。磯谷永和大佐已經命令婺源周邊的日軍，積極配合他們的行動。

白髮老者掐指一算，低聲用日語說道：「現在離二月二龍抬頭之日還有七天，上川君應該有點收穫了，你馬上通知下去，我們按計劃離開重慶。」

那個臉上有痣的男人聽了這話之後，臉上的肌肉微微抽搐了一下，右手不自然地摸向腰間，儘管只是一個很小的動作，但卻已經被白髮老者看在了眼裏。

白髮老者的身形一晃，已經衝到那人的面前。

那人的右手已經抓到了槍柄，饒是他動作快，還未舉槍射擊，握槍的手已活生生被扭斷。隨即脖子上一緊，呼吸頓時急促起來，他拚力大聲喊道：「兄弟們，動……」

沒等他喊完，白髮老者身後的日本侍衛已經動手，幾聲細微的聲響過後，地上倒了幾具屍體，每具屍體的額頭，都插了一支五星忍者飛鏢。

白髮老者沉聲喝問：「你們不是她的人，究竟是什麼人派你們來的？」

臉上有痣的男人從喉嚨裏擠出幾個字：「因為……我……中國……人……」

白髮老者的手一動，一聲脆響，已捏斷了對方的頸骨。

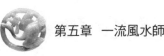

從上面衝下來幾個穿著黑衣服的日本忍者，挾持著頭髮散亂的孔二小姐，為首一個人用日語對白髮老者說道：「中國人察覺了我們的事，外面都是他們的人，怎麼辦？」

白髮老者沉聲道：「慌什麼？有孔二小姐在我們手裏，就算外面有百萬軍隊，他們也不敢前進一步。」

孔令偉一邊掙扎一邊叫道：「放開我！」

白髮老者走上前，說道：「孔總經理，為了我們能夠安全離開重慶，只好委屈你了！」

孔令偉啐了白髮老者一口，罵道：「想不到你們日本人這麼卑鄙，拿著我外公當年寫給你的信來騙我，還說要和我做一筆大買賣，原來都是假的！」

白髮老者微笑道：「不這樣的話，你怎麼肯和我合作，弄來了我想要的人呢？」

孔令偉罵道：「想不到我外公當年居然交了你這樣的朋友！」

白髮老者肅容道：「請別玷污我和宋先生的真摯友情，當年他和他的家人逃到日本，若沒有我們這些日本朋友相助的話，他和他的家人早就死了，又怎麼會有你呢？我現在利用你，也是迫不得已，就好像你們那些愛國的中國人一樣，我身為大和民族的人，又怎麼能忍心眼看著自己的國家陷入萬劫不復之中呢？」

一個聲音從白髮老者的身後傳來：「荒謬！」

白髮老者聞聲轉身一看，見苗君儒正從裏面走出來，他似乎愣了一下：「你……好了？」

苗君儒說道：「你們日本人跑到我們中國來，占我國土，淫我姐妹，殺我同胞，無惡不作。挑起這場中日戰爭，陷你們日本民眾於萬劫不復的，是你們那些頭腦發熱的軍國主義者，關我們中國人什麼事？你既然愛你的大和民族，就不應該跑到我們中國來！」

一個日本忍者大吼一聲，拔出佩刀，一刀迎頭劈向苗君儒。其身法迅速，刀光凌厲，一刀劈出，含有六種不同的變化，勢要將苗君儒砍於刀下。白髮老者待要出言制止，卻已經遲了。

身形變化中，只聽得一聲慘嚎，那日本忍者的身體已經被拋起，迎面撞到石牆上，還沒落在地上，就已經變成了屍體。

白髮老者驚異地看著苗君儒，才短短一個多小時，前後就判若兩人。他距離苗君儒並不遠，居然沒有看清苗君儒是怎麼出手的。他愣愣地問道：「你這麼快就融合了他的功力？」

苗君儒冷笑道：「那是你不瞭解我！而且你也不瞭解其他的中國人，你以為用那三件寶貝，加上你的特殊身分，就能夠得到孔二小姐的信賴？可是你錯了，她雖然想和你做生意，可她畢竟是中國人！任何一個有良知的中國人，都不會和你們日本人同流合污，做那些對不起國家，對不起民族的事情！」

白髮老者哈哈大笑道：「可是她已經做了，沒有她的幫忙，我不可能找到郭陰陽和你！」

「那是她之前受了你的欺騙。」苗君儒說道：「現在你知道她醒悟過來了，所以才會命手下控制住她，對不對？」

孔令偉叫道：「苗教授，救我！」

苗君儒上前兩步，想要出手去救孔令偉，白髮老者單掌一揮，他頓覺勁風撲面，腳邊的硬土地上立刻出現一條深約兩寸的溝槽。這是日本忍術中的「掌刃」，練到一定火候的人，可以在百米之外取人首級。

白髮老者沉聲道：「你想要救她的話，得看你有沒有那個本事！」

苗君儒問道：「你到底是什麼人？」

白髮老者說道：「日本人！」

孔令偉叫道：「苗教授，他說他是我外公在日本的朋友，叫春田一木！但是昨天戴笠派人來告訴我，說春田一木早在八年前就已經死了！」

苗君儒說道：「孔二小姐，據我所知，宋老先生的朋友春田一木，是日本東京大學的一個教授，根本不會武功！再說，你也不看現在是什麼時刻，就算是日本朋友來訪，也應該保持民族大義。我在日本也有幾個朋友，從『九一八事變』的那天開始，我就和他們斷了聯繫。」

白髮老者說道：「我確實不是春田一木，你要想知道我是誰的話，先打贏我！」

從剛才那招「掌刃」的功力看，苗君儒根本沒有把握打贏對方，不過他想試一試。念頭一起，身體驀地騰起，向那幾個挾持著孔令偉的日本忍者撲去。

他人在半空，離那幾個日本忍者還有一丈遠的時候。兩聲槍響，子彈擦著他的身體飛過。他不敢再撲上前，硬生生將身體頓住。

白髮老者哈哈大笑道：「你還是個教授，居然都不懂得肉體擋不過子彈的道理。」

苗君儒怒目而視，白髮老者說得一點都不錯，再厲害的武功也敵不過子彈。雖然他的身法夠快，可在這狹小的空間裏，要想真正避過日本人射出的子彈，絕對不是一件容易的事。剛才只是一個人開槍，若幾個人同時開槍的話，他絕無活命的可能。

白髮老者接著說道：「苗君儒，我手下的人，個個都是日本一流的快槍手，隨時都可以要你的命。我之所以讓你活著，是想要你為我破譯《疑龍經》裏的幾句經文。」

他說完，從衣內拿出那本《疑龍經》，輕輕放在地上，轉身上了台階，和那些日本忍者一起，挾持著孔令偉退上去了。

苗君儒撿起那本《疑龍經》，只聽得身後石室中的卡特叫道：「苗教授，救救我！」

這地牢內就三間相互毗鄰著的石室，每間石室都用大鐵鎖從外面鎖著厚重的鐵門。苗君儒找來一根鐵棒，卡住大鎖用力一撬，就把鎖頭給撬斷了。

他走進了石室，從裏面攙出瘦骨嶙峋的卡特。

上面傳來激烈的槍聲，一定是孔令偉手下的人和日本人發生了槍戰。有孔令偉在日本人的手裏，那些人一定投鼠忌器。

這個時候最好由著他們混戰去，苗君儒沒有必要上去湊熱鬧，他扶著卡特在台階上坐下。等著上面的槍聲停息。

卡特看著苗君儒手裏的那本《疑龍經》，問道：「苗教授，他為什麼要把這麼珍貴的東西留給你？」

苗君儒說道：「他想我替他破解裏面的經文！也許他算準了我和他還會見面，所以才把經書留給我！」

卡特問道：「可是他怎麼能夠肯定，你一定會把破解出來的經文告訴他呢？」

苗君儒說道：「這就不知道了，也許他有他的辦法！」

他說著，把手裏的《疑龍經》翻了翻，隨著書頁的翻動，一股股更加濃郁的檀香味在地牢裏散發開來，經書的紙質很好，不易透水，上面的字跡很清晰，一筆一畫都是手工寫成，並非刻印。翻了幾頁，翻到後面，見其中好幾頁中的一些文字被做了記號。

若換在以前，苗君儒也無法破譯這些文字，可是現在不同了。郭陰陽精通的那些風水堪輿方面的知識，大部分已經注入了他的意識之中。正如那個白髮老者說的那樣，他已經是一個一流的風水師了。

……星三四弼起程，弼星入手必平漫，輔星入首多曲形。此是變星變盡處，變盡垣城四外迎。凡觀一星便觀變，識得變星知近遠。遠從貪起至破軍，換盡龍樓生寶殿。雖然高聳卻不同，還是尖峰高山面。一博一換形不同，豈可盡言顧祖宗。君如識得變星法，千里百里尋來龍。誰人識得大龍脊，山正好時無腳力。裹費不惜力不窮，其家世代腰金紫。凡看變星先看斷，斷處多時星必變。如此斷絕曲屈行……

這段經書上的文字，屬於第廿五節上的正文，文字的下面有記號，普通人絕對看不懂，可是在他的眼裏，瞬間便將其中的意思領悟過來。

看了一會兒，只聽得上面的槍聲漸漸稀疏起來，隨即傳來紛雜的腳步聲。苗君儒趕緊將《疑龍經》放入懷中，抬頭望去，見一個穿著上校軍服的人，領著一隊士兵正衝下來。

那上校看到苗君儒，上前問道：「請問你是苗君儒教授吧，我是重慶城防司令部的上校劉勇國！」

他身後的那些士兵迅速佔據了有利的位置，控制住整個地牢，一看就知道是一群訓練有素的軍人，絕非那些城防士兵可比。

苗君儒瞟了劉勇國一眼：「你們怎麼這時候才來？」

劉勇國說道：「我們也是不久前才得到行動的命令！」

苗君儒說道：「這麼說，其實你們早就知道我被關在這裏？也知道那些日本人的存在，可就是遲遲不行動？」

劉勇國的神色一漾，說道：「對不起，我只是奉命行事！苗教授，您現在安全了！」

「你們不來，我也照樣安全！」苗君儒說道：「有孔二小姐在他們的手裏，諒你們不敢對他們怎麼樣，我說的沒錯吧？」

劉勇國說道：「苗教授，有一個人要見你，請跟我來！」

苗君儒看了卡特一眼，問道：「你沒事吧？」

卡特笑了一下：「放心，我還死不了！苗教授，要是你真的想和日本人幹，別忘了帶上我，我雖然年紀大了，可腿腳還利索，一定能夠幫你的！」

苗君儒對劉勇國說道：「我跟你走，但是你要派人把這位先生送到我的學校，交給廖清教授！」

劉勇國說道：「對不起，苗教授，據我們所知廖教授在兩天前就失蹤了！」

苗君儒大驚：「怎麼回事？」

劉勇國說道：「幾天前，我們得到消息，由李明佑教授帶隊的考古隊，在江西上饒行署婺源縣的一處山谷中遇難，其中有您的兒子苗永健……」

苗君儒如同被人猛擊了一拳，身體一晃，差點摔倒，站在他身後的士兵急忙扶住他。

劉勇國接著說道：「他們總共有六個人，但是據婺源那邊過來的消息說，現場只有四具屍體。廖教授曾經向學校提出去收屍，但是校方沒有同意，我們懷疑她一個人隻身過去了！我們已經嚴令下面各地方軍政府，一旦發現廖教授，立刻派人將她接回來！」

苗君儒歎了一口氣，說道：「沒用的，既然她堅持要去，你們無法阻攔她！」

劉勇國沉默了一下，說道：「苗教授，請跟我來，我會派人把這位先生送去安全地方的！」

苗君儒跟著劉勇國向上面走去，走到上面的那一層，見到十幾具屍體，都是

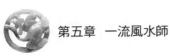

中國人的。劉勇國無不遺憾地說道：「我們是聽到槍聲才衝進來的！」

苗君儒冷冷地說道：「其實你們早就包圍了外面，對不對？」

劉勇國也不回答，事關高層人物的機密，他是不會向外人透露的。在這些日本人來到這裏的當天，住在離這裏沒多遠的蔣總裁，就已經秘密離開了林園，搬到別處去了。戒備森嚴的林園，並未出現什麼異常情況，倒是出乎某些人的預料。也許這些日本人正一心實施所謂的計畫，並沒有想過要打草驚蛇。

進到一間佈置得很奢華的房間裏，苗君儒見到了一位乾瘦而精幹的中年人。這個面部上寬下窄，人中較長，鼻樑高挺的中年人，正是深受蔣總裁器重的軍統局一把手戴笠。在戴笠左邊的牆上，掛著一副巨大的照片，照片中那個戴著禮貌，打著領結，嘴唇上畫了兩撇小鬍子的人，正是被日本人帶走的孔二小姐。

戴笠的雙眼如狼一般深邃而兇悍，似乎一眼就將人看透，他上下打量了苗君儒，伸出手說道：「你好，苗教授！這些天辛苦你了！」

苗君儒問道：「你是誰？」

戴笠並沒有回答苗君儒的話，而是說道：「苗教授，你一定對上川壽明這個人不陌生吧？」

苗君儒問道：「你是指那個被日本人稱為『玄學大師』的上川壽明？他現在

就在婺源！」

戴笠驚異地問道：「你是怎麼知道的？」

苗君儒說道：「是剛剛離開這裏的那些日本人說的，你一定見過那個白頭髮的老頭子吧，你知道他是什麼人嗎？」

戴笠張了張口，並沒有出聲。

苗君儒說道：「我懷疑他們來中國的目的，和風水有關。二月二是龍抬頭的日子，也是他們實施計畫的最後時刻。」

戴笠神色有些緊張起來：「你還……知道多少？」

苗君儒說道：「你們是幹那一行的，到現在，人家日本人到底是什麼身分，都還沒有弄清，還好意思來問我？」

戴笠說道：「那個人的身分我們會查清的。苗教授，我命劉上校帶人隨你去婺源，一起對付上川壽明，你看……」

苗君儒打斷了對方的話，說道：「你的好意我心領了，我做事向來不與官方有什麼牽連。你們這些人啊，成事不足敗事有餘，禍事都臨到頭上來了，還蒙在鼓裏。」

說完後，他轉身就走。身後劉上校追出來，對苗君儒低聲說道：「苗教授，你知道他是誰嗎？很少有人敢對他那麼說話！」

苗君儒說道：「他的天格生得好，鼻樑也不錯，是個大人物，只可惜地格欠缺，加上他的耳朵招風，只怕這三年之內……」

他並沒有往下說，有些事情是不需要說得太明白的。

整個建築物內軍警林立，地上的一具具屍體已經被蓋上了白布，苗君儒走了出去，站在屋外的台階上，望著遠處的山脈，沉聲道：「山勢磅礴，雲霧擄繞，好一處藏身的山城。蔣總裁是靈龜轉世，須得在有水的岸邊方可無恙，龜者，上行於岸，下潛於淵……」

他這番話，似乎是說給身後的劉勇國聽的。

劉勇國低聲問道：「你怎麼知道？」

苗君儒說道：「因為我是一個洞悉天機的風水師！」

劉勇國問道：「既然你能夠洞悉天機，那你告訴我，二月二那天會發生什麼事？」

苗君儒的目光深遠起來：「天機不可洩露！」

劉勇國問道：「你想我怎麼幫你？」

苗君儒說道：「如果你真的想幫我，那就麻煩你用最快的方法，通知江西龍虎山天師府一個叫張道玄的真人，就說我需要他的幫忙，要他務必在二月二之前，趕到婺源和我見面！」

劉勇國說道：「沒問題，這事就交給我，請你放心！」

民國三十四年三月十一日，距離農曆二月二龍抬頭還有三天。

江西浮梁境內。

夕陽西下。

村子裏嫋嫋升起的炊煙，漸漸掩蓋住了天邊的那一抹殘留的赤紅。遠處連綿起伏的山峰，如害羞的姑娘一般，在陌生人面前，偷偷將身子隱了起來。

幾隻老鴉在空中盤旋了一陣，嘶叫著一頭扎進樹叢，再也尋不見。

山道上，兩匹駿馬飛馳而來，紛雜的馬蹄聲打破了暮色中山林的寂靜。騎在第一匹馬上的，是一個四十多歲，精力充沛而神色飄逸的男子，正是三天前離開重慶的苗君儒。跟在他身後的，是那個被他救出來的英國探險家卡特。

苗君儒勒住馬，對卡特說道：「這裏是浮梁地界，再往前走就是婺源地界，我們在前面的村子裏休息一下，吃點東西，然後連夜趕路，若一路無事的話，兩個時辰後就可到婺源縣城了！」

以白髮老者為首的那夥日本人，挾持著孔令偉離開了重慶，居然在幾千國民黨士兵的眼皮底下消失了。也許是看在宋老先生的面子上，白髮老者並沒有為難孔令偉，將她丟在一處山溝裏，很快便讓搜尋的國民黨士兵找到了。

一流的日本忍者精通隱身術和遁地術，要想在普通人的面前消失，並不是一件難事。

雖然孔令偉被日本人放了，但是擔任三民主義青年團組訓處處長、青年軍編練總監部政治部中將主任的蔣經國，卻離奇地失蹤了。

這事令蔣介石非常憤怒，重慶要真讓日本人這麼來去自如的話，他這個總裁還有什麼安全可言？

首先倒楣的是重慶城防司令和警察局長，一個被撤職查辦一個被殺。對外界而言，這兩個人是由於三年前的「防空洞慘案事件」被查的。中統軍統兩大特務機構的頭子，也被蔣總裁叫到面前，狠狠地訓示了一番，嚴令儘快將「蔣太子」找回來，否則全部軍法從事。

好在這事捂得緊，並沒有讓外界得知半點風聲，要不傳出去的話，國民黨當局的顏面何存？

按戴笠的意思，是要劉勇國盯緊苗君儒，從苗君儒的身上，一定能夠有所發現。可他低估了苗君儒這個經歷過無數傳奇經歷，具有古老幫會長老身分的考古學教授。

水神幫在重慶有堂口。苗君儒走進一家古董店，以看古董的名義進了古董店的內堂，在老闆面前拿出了證明長老身分的玉佩時，那老闆當即雙膝下跪，行了幫內的大禮。

裏面的人做了什麼，說了什麼話，守在門口的特務並不知道。

在水神幫的幫助下，當天夜裏，苗君儒和卡特上了江邊一艘快船，順風順水沿江而下。先走水路，到安徽東至後轉陸路，是去婺源最快捷的路線。

江面上不時見到順水漂流的破爛船板，還有屍體。日本人的軍艦和飛機在長江上遊弋，見到中國人的船就放炮轟炸。

時間不允許他們再耽擱，若走陸路從重慶到婺源，要避開日軍的層層封鎖，最快都要半個月。

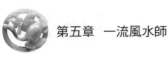

現在，他們只用了三天的時間，就已經進入了浮梁縣的地界。這一路上，卡特也見到了很多被燒毀的村莊，很少遇到一個活人，那些倒在路邊的屍體，有平民百姓的，也有穿著軍裝的士兵。

「走吧！」苗君儒的雙腳一夾馬肚，率先向前衝去。衝出一箭地之後，隱約看到了村頭的房屋。他無意間扭頭，看到村子左面那座尖峭的山峰，如劍般的峰頂正對著村子。從風水學上解釋，這叫劍指煞氣，全村的人都要死絕的。

這時候，他突然感覺到有一股殺氣，從周圍向他湧過來。他勒住馬，警覺地看著前面。胯下的馬嘶叫起來，打著響鼻在原地繞著圈子。

卡特追上來問道：「怎麼了？」

苗君儒說道：「前面有殺氣！」

他的話音剛落，一聲槍響，子彈從他頭頂飛過。只見山道兩邊的樹叢中陸續走出一些端槍的人，將他們圍了起來。從服裝上看，正是他們擔心遇上的日軍。

從村子裏出來一匹馬，上面坐著一個少佐模樣的軍官。

日本軍官來到距離苗君儒兩丈遠的地方，大聲用日語說道：「苗教授，我知道你聽得懂日本話，我們在這裏等你多時了！我接到的命令是，只要你合作，就保證你的生命安全。」

依眼下的情形，要想強行衝過去的話，是不可能的。卡特看了一眼那些黑洞洞的槍口，低聲說道：「我終於明白中國軍隊為什麼屢次輸給他們的原因了！」

苗君儒微笑了一下，坦然用日語回答道：「既然你這麼說，那我就不客氣了，先找個地方讓我們休息一下！」

苗君儒下了馬，和卡特一起在日軍的「護送」下來到村口，見祠堂門口的土地上，橫七豎八地堆著一大堆男女老少的屍體，地上的血跡還未乾，空氣中瀰漫著一股令人噁心的血腥味。

幾棟被燒得只剩下屋架的房屋，仍有餘煙陣陣，正是苗君儒在山道上看到的「炊煙」。那些倒塌的院牆和屋門，無聲地訴說著不久前村子裏發生的不幸。

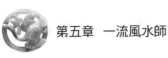

他面露悲憤之色，對走在他身邊的日軍少佐說道：「這就是當亡國奴的下場，像牲口一樣任人殺戮！」

日軍少佐說道：「那些只是支那豬，但對於苗教授這樣的人物，我們還是很器重的……」

苗君儒說道：「少來那一套，任何一個有良心的中國人，都不會甘心當亡國奴，任你們日本人宰割！」

祠堂內傳來女人的哭叫和男人得意的狂笑，苗君儒丟掉手裏的轠繩，正要衝進去，不料被那日軍少佐攔住：「苗教授，我勸你不要多事，這是我們的友鄰部隊在接受中國女人的慰安……」

祠堂的大門從裏面打開，一個渾身赤裸的中國女子哭喊著從裏面跑出來，該女子的右胸上鮮血淋漓，不知道受了什麼傷。後面追出兩個同樣渾身赤裸的日軍，其中一個搶前一步，攔腰抱住了那個女子，發出野獸般的狂笑。

苗君儒推開攔住他的日軍少佐，衝上前以極快的速度抓住那兩個日軍的脖子，只一捏，地上頓時多了兩具屍體。那女子趕緊躲到他的身後，身體顫抖著連聲道：「救救我，救救我！」

日軍少佐大聲喊道：「苗教授，請不要亂來，否則我會命令他們開槍！」

喊聲過後，祠堂裏面衝出了七八個日軍，哇哇地叫喊著，每個人手裏都端著一支槍，明晃晃的刺刀一齊向苗君儒刺到。

苗君儒已經斜身上前，伸手抓住離他最近的那名日軍，將其身子一轉，順勢一推。「撲撲」幾聲悶響，那日軍手中的刺刀刺中另一名日軍的同時，另幾把刺刀也刺進了那日軍的身體。

其餘幾個日軍見狀，「呀呀」地叫著再一次挺槍刺到。

苗君儒依仗靈活的身法，輕易避過了幾個日軍的刺殺，可他忘記了身後還有一個人。隨著一聲慘呼，那個原本躲在他身後的女子，已被一個日軍的刺刀刺中腹部。

那日軍的手腕一抖，刺刀斜著已劃開了那女子的腹部，腸子頓時淌了出來。那女子倒在地上，口吐鮮血，吃力地想用手去捂那些腸子，可沒等她抓到一截腸子。那日軍的刺刀「噗哧」一下，從她的右胸部刺入。

她扭過頭望著苗君儒，嘴巴張了張，再也說不出半個字。

苗君儒看得兩眼噴火，大叫一聲，衝上前一掌將那日軍的頭顱拍碎，紅的白的頓時濺滿地，屍體滾落在地。他一腳將那日軍的屍體踢飛，俯身扶起那女子的頭，叫道：「你……」

那女子已經咽了氣，但強睜著眼，任由苗君儒怎麼撫，眼睛就是不閉。

苗君儒悲慟不已，啞聲道：「姑娘，我苗君儒對天發誓，一定替你和村裏的鄉親們報仇！」

話一說完，那女子的眼睛奇蹟般慢慢合上了。

苗君儒站起身，環視了周圍那些虎視眈眈的日軍一眼，面露殺機。

日軍少佐叫道：「苗教授，請你不要亂來，否則我下令他們開……」

他的話音未落，苗君儒已經撲向那些日軍。慘叫聲中，幾個日軍立刻屍橫地下。其他日軍見狀，不等少佐下令，紛紛舉槍向苗君儒撲去。

苗君儒不待那些日軍開槍，已經衝入日軍人群中，抓一個殺一個，一招一式毫不含糊。饒是那些日軍兇悍，卻也被他的這種殺法嚇得心驚膽戰，紛紛向後退去，意圖拉開距離後開槍射擊。

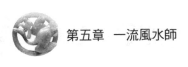

苗君儒哪會讓日軍逃走，步步緊逼上去。由於他身形太快，加之那些日軍怕傷到自己人，倒也不敢胡亂開槍。等他衝到面前再勾動扳機時，已經遲了。

卡特怕苗君儒吃虧，不顧那日軍少佐站在旁邊，拔出了插在腰間的兩支左輪槍，舉槍便射。與此同時，日軍少佐拔出了腰刀，向卡特那舉槍的雙手一刀劈下。

說時遲那時快，苗君儒已經抓住一個日軍飛擲向卡特。卡特被那個日軍一撞，向後倒退幾步，正好避開少佐的那一刀。而那個倒楣的日軍，則正好被少佐砍個正著，登時斷為兩截。

卡特感激地望著苗君儒，若不是剛才這一撞，他的雙手已經被少佐砍斷。當下趕緊閃身在祠堂門口的石獅後面，「砰砰」兩槍，放倒了兩個衝向他的日軍。從祠堂內衝出十幾個衣裳不整的日軍士兵，為首那個看到了躲在石獅後面的卡特，大叫著挺槍就刺。

卡特連連開槍，幾具日軍屍體相繼倒在祠堂門口的台階上，前面的日軍倒下，後面的日軍毫不退怯，繼續往前衝。

手槍中的子彈打光了，卡特正要低頭換子彈，一把刺刀已當胸刺到。他往邊上一閃，那刺刀刺在石獅上，迸出幾點火星。

卡特扔掉手裏的槍，飛起一腿，踢中那日軍的下陰，趁那日軍痛得彎腰之際，將對方的三八大蓋搶了過來，抬手一槍，放倒了一個衝到面前的日軍，接著反手一刺刀，將那個兀自彎腰痛得大叫的日軍刺了個透心涼。

這幾下乾淨利索，根本看不出是一個六十多歲的老頭子。

剩下的七八個日軍，立即排成陣勢，一步步將他逼到牆角。而那一邊，苗君儒也被十幾個日軍團團圍住，情勢變得萬分危急起來。卡特緊盯著面前那幾個日軍的刺刀，已經做了最壞的打算，臨死也要找兩個墊背的。

村口那邊響起一陣激烈的槍聲，一個小隊長模樣的日軍飛跑而來，大聲向少佐報告道：「村口出現大量支那遊擊隊，我們擋不住……」

槍聲越來越激烈，火光中，只見一個個身手矯健的遊擊隊員，跳躍著向前衝鋒。負責守在村口的日軍再也頂不住，紛紛往後退。

少佐看了一眼被日軍圍住的苗君儒，沉聲道：「殺了他！」

那小隊長剛轉身，正要舉刀撲向苗君儒，只聽得一聲槍響，他的額頭上出現一個血洞，踉蹌著向前走了幾步，一頭栽倒。

少佐循聲望去，見不遠處一個身材高大的中國男人，正持著兩把盒子槍衝過來，一槍一個，彈不虛發。

槍聲中，不斷有人掙扎著倒下。

那幾個圍著卡特的日軍見狀，調轉槍口向衝上來的遊擊隊迎上去。卡特瞅準機會，用刺刀三下五除二幹掉了面前的兩個日軍，轉身躲入了祠堂。

苗君儒渾身是血，他已經記不清殺了多少日軍士兵，他根本不給對方有開槍的機會，一個接一個地殺，下手非常狠，也非常準。

少佐見勢不妙，下令剩下的日軍退守到殘垣斷壁的後面，打算做最後的頑抗，自己卻持刀撲向苗君儒。

只一照面，少佐就覺得眼前一花，接著持刀的手一陣劇痛，低頭一看，見自己的兩隻手腕已經被苗君儒捏碎，那把佐官指揮刀居然到了苗君儒的手裏。他剛要說話，張開口卻發不出一點聲音，眼睛的視覺隨之晃動，一陣天旋地轉之後，他居然看到了自己那雙平素擦得發亮的高筒皮靴，皮靴上面那具無頭的身體，還有那道從微縮的脖腔中噴出來的血箭……他的視覺模糊起來，依稀之間彷彿聽到了那首熟悉的《君之代》，每當他手下的士兵想念家鄉的時候，都會情不自禁地唱起這首歌。

他無數次聽到別人問這樣的問題，為什麼要來中國打戰？什麼時候可以回家？對於這樣的問題，他和無數士兵一樣，都找不到答案。他知道有無數來中國的日本士兵回家了，只可惜回去的不是人，而是一掬骨灰。能夠有骨灰回去，就已經很不錯了，那些死在印度支那叢林的日本士兵，有幾個人的骨灰能被帶回家的呢？

苗君儒奪過日軍少佐的指揮刀，一刀砍掉少佐的頭後，刀鋒順勢斜劈，將一個日軍士兵連人帶槍砍為兩段。

日本的刀劍製作工藝確實不錯，這一刀砍下去，連刀刃都未卷一點。

他舉刀連劈，又有兩個日軍士兵成了刀下之鬼。一個日軍士兵趁他不備，突然從他的背後發起偷襲，眼看那刺刀距離他的背心不足兩尺。兩聲槍響，那日軍士兵的頭部迸出血花，屍體栽倒在他的腳下。

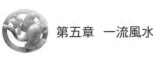

苗君儒轉過頭去，見那個手持雙槍的大個子正望著他，得意地吹了吹槍口冒出的青煙。他並不感激，其實剛才那日軍士兵的動作，已經被他看在眼裏，只等那日軍士兵再前進一尺，他就會來個漂亮的腕底花，指揮刀由下向上將那日軍士兵的肚子剖開，以報剛才那中國女子的開膛剖腹之仇。他對大個子叫道：「你別浪費子彈好不好，你以為我殺不了他嗎？」

剩下的十幾個日軍倉皇退入幾間房屋中，想負隅頑抗，等待鄰近地方日軍的救援。

大個子大聲問道：「你的身手還真不賴，你叫什麼名字？」

苗君儒並不回答，追上一個日軍士兵，一刀將其沿肩膀而下砍為兩片。他正要繼續往前追，卻聽卡特在叫：「苗教授，你進來看看！」

二十幾個遊擊隊員向那幾間藏有日軍的房屋撲上去，其餘的則開始打掃戰場。

苗君儒倒提著指揮刀，和卡特一同進了祠堂。祠堂的一根木柱上插著兩支火把，朦朧地照見裏面的一切。

卡特低聲說道：「對不起，我進來時就是這樣了！」

眼前的景象實在慘不忍睹，十幾具年輕女子的屍體，赤身裸體地躺在冰冷的石板地上，每個女子生前無一不遭到變態與殘忍的對待。其中有兩三個女子的乳房被割掉，那是哺育後代的工具，是偉大母親的象徵，就這樣被丟在屍體的身邊。每個女子的下體，無不被刺刀捅穿，更有幾個女子的腹部，像死在祠堂門口的那女子一樣被刺刀剖開。每一具屍體的眼睛都強睜著，她們實在死不瞑目。

苗君儒痛苦地閉上眼睛，仰天道：「為什麼？從古至今，無論發生什麼樣的戰爭，為什麼最受難的都是老百姓？」

大個子帶著兩個人也跟了進來，見到祠堂裏的慘狀，氣得狠狠地在柱子上擂了一拳，對身後的人說道：「水生，你去告訴同志們，別讓一個小鬼子給走嘍，為這裏的鄉親們報仇！」

苗君儒喃喃道：「我知道你們死得冤枉，外面的那些鄉親也一樣，自從日本人侵華以來，死在日本人手裏的姐妹數不勝數，這筆帳，遲早是要和日本人算的。你們……算了吧？」

大個子聽不懂苗君儒最後說的那句話是什麼意思，上前問道：「你說什麼？叫我們算了？小鬼子殺了我們這麼多鄉親，就白白放過他們？」

苗君儒並不理會大個子說的話，繼續說道：「塵歸塵，土歸土，肉身寂滅，魂魄輪迴，聽我一聲勸，你們就算了吧！怨氣所結，孽障所生，終究不是一件好事，到時候只怕害的是自己人！」

說完，他念起了佛教的《往生咒》。

自古佛道本一家，郭陰陽在養氣修身的時候，自然也修了佛教的一些經文。苗君儒受了郭陰陽的陰陽二氣，自然就會這些東西。

大個子正要發火，卻驚奇地見到所有那些強睜著雙眼的女屍，居然全都閉上了。空蕩蕩的祠堂內，突然無端捲起一陣勁風，吹得人透骨生涼。

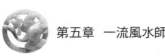

苗君儒念完了《往生咒》，轉身對大個子說道：「村頭山道左邊有一處向陽的坡地，藏風聚氣，是一塊好地，你在那挖一個大坑，把死去的老百姓都葬了吧！讓他們來生投一個好人家。至於那些日本人，則往村西頭，找一處背陰的地方，最好是茅廁的下面，挖一個大坑，把人丟進去就行。記著，找三個還是童子身的男人，拉三泡屎，用三個罐子盛了，埋在日本人的墳頭上，我要讓他們永世不得超生！」

大個子說道：「我剛才聽那外國人叫你苗教授，可是你說的這些話，就像是一個風水先生！」

苗君儒說道：「我本來就是一個風水先生！另外我還告訴你，這個村子所在，正是山頂劍鋒所指，劍鋒煞氣很烈，不宜住人的！最好把整個村子的屋子都燒了！」

大個子說道：「苗教授，我是新四軍皖贛邊區大隊第二支隊的隊長，叫程順生！」

苗君儒說道：「我不管你是什麼隊長，照我說的去做就行，我替這些枉死的人謝謝你了！」

外面的槍聲停了下來，水生跑進來大聲道：「報告隊長，小鬼子一個都沒跑掉！」

程順生對那遊擊隊員說道：「你叫二毛帶幾個同志去村頭山道左邊的那塊向陽坡地上挖個坑，把鄉親們都埋了，另外你帶幾個同志，去村西頭找一個背陰的茅廁，在下面挖個大坑，把小鬼子丟進去，還有，用三個罐子拉上三泡屎，埋在小鬼子的墳頭上！」

水生不情願地嘟噥道：「隊長，幹嘛還要埋小鬼子，過兩天景德鎮那邊的小鬼子得到消息，會過來收屍的。」

程順生凶道：「叫你埋就埋，囉嗦什麼？這是命令！」

水生說道：「我埋就是，幹嘛還要放三罐屎在上面，不如乾脆放上三個地雷！就算被小鬼子找到，也炸他個稀巴爛。」

苗君儒說道：「我忘了對你們說，埋日本人的地方最好要深一點，不要立墳頭，免得讓活著的日本人找到。」

水生領命出去後，苗君儒對卡特說道：「卡特先生，我們走！」

兩人走出了祠堂。夜空中飄起了雪花，落在他們的身上，轉眼間化成水滴，滲入了他們的衣服內。

苗君儒望著這漫天的飛雪，用不了多久，潔白的雪花便會將這地上的鮮血完

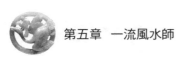

全遮蓋住，塵世間所有的骯髒與不幸，也將隨著這白雪的融化永遠逝去。

程順生追出來問道：「苗教授，你們想走哪條路去婺源？」

苗君儒問道：「你怎麼知道我們要去婺源？」

程順生說道：「我們接到上級的命令，來接一個很重要的人物，姓苗，是北大的考古學教授，除了你還會是誰呢？」

苗君儒問道：「你們又怎麼知道我會經過這裏？」

「是小鬼子告訴我們的！」程順生說道：「其餘的小鬼子都去攻打婺源了，只有這一隊小鬼子守在這裏。除了等你們，我想不出他們還有別的什麼理由。從這裏往前走幾十里，翻過前面的牛頭山，就是婺源地界，我們就是從那邊過來的！只可惜我們來遲了一步，這裏的鄉親全被……」

苗君儒似乎想到了什麼，問道：「在你們來之前，這裏有你們的人嗎？」

程順生說道：「沒有呀！這裏是偽軍的勢力，平常這裏駐守著一個排的偽軍，我們的人只是偶爾來一下，打一下就走！」

苗君儒自言自語：「我們進來後，只見鄉親們的屍體和日軍，並沒有見到一個偽軍。日軍對於佔領區的村子，若沒有躲藏的反抗軍隊，是不會屠村的！」

卡特也說道：「是呀，他們為什麼要殺光村子裏的人？」

苗君儒說道：「日軍調走了駐守在這裏的偽軍，又殺光了村子裏的人，他們一定是想掩蓋什麼秘密！」

程順生說道：「我們在這一帶打遊擊，也多次到過這個村子，村子裏好像沒有什麼秘密呀！」

苗君儒說道：「秘密不在村裏，應該在日軍身上！你們看我手上這把日軍佐官刀，刀柄包金鑲玉，刀穗為金色，還有三顆內含鑽石的櫻花標記。這把刀的主人雖然只是少佐軍銜，可是這把刀卻是日本天皇賜給貴族與名將的櫻花寶刀。」

程順生說道：「可惜人都死了，要不然倒可以問出他們是什麼人。」

苗君儒說道：「還有一點，即使是個日軍少佐，手底下最起碼也有幾百人，可是你也見到了，村裏的日軍也就幾十個人，其他的日軍去了哪裏？」

程順生說道：「不是去進攻婺源了嗎？」

苗君儒說道：「我雖然不是軍人，可也知道軍隊跟著長官走的道理！」

程順生問道：「那你說，這個少佐手下的人去了哪裏？」

苗君儒說道：「我也想知道！」

他們走下祠堂的台階，苗君儒的眼睛突然盯著不遠處的地上，在那些雪水和泥濘之中，有一個小小的香檀木梳子。他認出這香檀木梳子，是他有一次去雲南

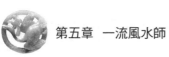

考古的時候，帶回來送給廖清的。木梳子只有一半，是被人故意折斷的。他上前撿起木梳子，然後發瘋般在所有的屍體堆中尋找。

然而，所有屍體中並沒有廖清，苗君儒癡癡地望著那些搬運的遊擊隊員，腦海中一團混亂，口中喃喃道：「她怎麼會到了這裏，這裏究竟發生過什麼事？和她一起的，到底又是什麼人呢？」

第六章

婺江源頭的童謠

一個七十多歲的老鄉紳低聲唱起來：

「……七鼠年，八個怪人進北京，

二雞年，三歲孩童坐龍庭；

十一老鼠亡大清，猴子（暗喻孫）屁股坐不住（江山）；

元（袁）大一個口，給了烏龜頭；

賊從東邊來，哭聲震九洲……

疑龍撼龍龍抬頭，婺江源頭一命休……」

民國三十四年三月十一日晚。

婺源縣城。

夫子廟旁邊的縣政府，縣長辦公室。

汪召泉站在一副草繪的婺源地圖前，佈滿血絲的眼睛緊盯著地圖上東南西北那四個地方。已經八天了，那個團的正規部隊和縣保安團基本上都已經打光，有十幾個鄉長和保長，也都與正規部隊的長官一樣殉國，單靠全縣臨時集中起來的兩千多民團自衛隊，手裏拿著各式各樣的武器，利用有利地形苦苦支撐著，得不到一點外界的支援。上面來電報說已經派了幾個師的兵力從北面和東面迂迴包抄，可是這麼長時間了，負責週邊包抄的軍隊在哪裏？

東面和西面那邊，若不是及時得到共產黨遊擊隊的有力配合，日軍早已經長驅直入。至於北面，國軍正規部隊的兩個連和民團也基本打光，兩個鄉長和幾個保長，正領著剩下的人，和遊擊隊一同浴血奮戰。聽說領導遊擊隊的人，正是他多次懸賞兩萬大洋捉拿的「赤匪」頭目胡澤開。這種時候，他開始慶幸自己「剿匪」不力，若真的把遊擊隊全剿了，現在誰來幫他？

過了許久，汪召泉抬起頭來，對站在身後的秘書問道：「還沒有發現那小股日本人的蹤跡嗎？」

秘書回答道：「羅局長親自帶人對全縣偏遠的地方進行了搜索，還是沒有發現！我也覺得很奇怪，這麼多天了，日本人會一直躲在山裏不出來？是不是羅局長看錯了？」

汪召泉望著掛在牆上的蔣總裁戎裝像，開始沉思起來。婺源的地盤雖並不大，但山高林密，要真想找到那小股日本人，還真不容易。現今是隆冬季節，山林裏沒有野果，只要日本人下山來找吃的，就一定能夠被人發現。

汪召泉低聲說道：「就算羅局長看錯了，可日本人分四路進攻婺源，說明了什麼？」

「這……」秘書啞口了。

汪召泉說道：「劉師爺呢？」

劉師爺是汪召泉就任婺源縣長的時候，從家鄉贛縣那邊帶過來的。有什麼重大的事情，他都會與劉師爺商量。

秘書說道：「好像出去有事了，要不我派人去叫？」

一個文書模樣的人從外面進來，說道：「汪縣長，外面有些人要見你，都是本縣的鄉紳！」

汪召泉惱火道：「都什麼時候了，他們還來添亂。找我做什麼，能夠給我變出軍隊來？」

文書說道：「汪縣長，不管怎麼樣，你還是出去看一看吧？」

汪召泉無奈地離開了辦公室，來到縣政府的接待大廳，見大廳裏燒了一個大火盆，十幾個鄉紳圍著火盆，坐在椅子上烤火，年紀最大的有八十多歲，最小的也有五十多。領頭的是他認識的胡德謙。

胡德謙是考水人，出身詩書世家，二十四歲那年中過前清的舉人，當過清朝的知縣和民國的縣議長，又是縣商會的會長，在縣裏具有很高的威望，全縣鄉紳都唯他馬首是瞻。

見縣長出來了，坐在椅子上的人紛紛站起身，邊拱手邊說著客套的話。

汪召泉朝大家拱手回禮，走到火盆前暖了一下手，說道：「相信各位都聽說了，日本人正兵分四路打婺源，我們的救兵遲遲不到，婺源危矣！」

胡德謙說道：「汪縣長，我們正是為此事來的！」

汪召泉招呼大家坐下，又命文書給大家續了茶，才對胡德謙說道：「莫非胡會長有何良策？」

胡德謙用手摸著頷下的山羊鬍，說道：「良策一時倒沒想出，只是想給汪縣長提個醒！」

汪召泉「哦」了一聲，問道：「不知胡會長有何指教？」

胡德謙說道：「汪縣長可知本縣的那首民謠？」

汪召泉微微一愣：「我來貴縣不過兩年，每日只知處理縣裏事務，對鄉野之事一向知之甚少，還請胡會長多多諒解才是！」

胡德謙說道：「也難怪汪縣長不知道，就是本縣的人，都不一定知道，那都是我們小時候唱過的，後來就沒人唱了！」

這時，一個七十多歲的老鄉紳低聲唱起來：「……七鼠年，八個怪人進北京，二雞年，三歲孩童坐龍庭；十一老鼠亡大清，猴子（暗喻孫）屁股坐不住（江山）；元（袁）大一個口，給了烏龜頭；賊從東邊來，哭聲震九洲……疑龍撼龍龍抬頭，婺江源頭一命休……」

對於這樣的歌謠，汪召泉聽得不是很明白，但他知道每一句都是事關國運的，最後那一句他聽清了，居然有婺源兩個字，當即問道：「胡會長，這句怎麼解釋？」

胡德謙說道：「這是光緒年間何半仙留下的，我們也不知道怎麼解釋，依字面的意思看，婺源將面臨一場浩劫。」

有關何半仙的故事，汪召泉來婺源上任後，閒暇之餘聽手下人說過。在徽州地區的民間，沒有人不知道何半仙的，據說他是南唐國師何令通的後人，得到祖上的真傳，破解了劉伯溫的推背圖，洞曉很多天機，會摸骨算命，起卦看風水。他算的命特別準，起的卦特別靈，至於看的風水，那就更不用說了，說出什麼樣的人物就出什麼樣的人物。由於洩露了天機，他五十多歲的時候，就瞎了雙眼，從那以後，就再也沒有替人算過命，更沒有看過風水。徽州一帶很多算命看風水的先生，都出自他的門下。雖然他在民國初年就已經死了，但是徽州這一帶，流傳著很多關於他的傳說。

那個年紀最大的鄉紳咳嗽了一陣，上前顫微微地說道：「若……聯合上一句的……意思……就是……有關風水……」

胡德謙扶那鄉紳坐下，轉身對汪召泉說道：「汪縣長，照自古風水先生所說，婺源境內群山環繞，山勢北高南低，九條河流成一線南流，乃藏風聚氣之地，為龍蛋之像。只可惜婺源地薄，罡氣無法成形，故有葬於婺源發於外鄉的說法。」

另一鄉紳接口道：「古代諸多聖賢之人，若追其祖籍，均在婺源！」

汪召泉知道婺源自古文風很盛，出過不少名流學士，其中不乏有江永那樣的經學家和音韻家，也有「南宋蘇武」之稱的忠臣朱弁，更有「布衣宰相」之稱的名臣汪澈等等；還有「一門九進士，六部四尚書」的政壇佳話。在鄉下的幾處地方，至今仍保留著敕造「天官上卿」和「尚書第」的官邸。宋代的理學家朱熹和清末的鐵路專家詹天佑，祖籍也都在婺源。

他想了一下，耐著性子說道：「諸位聖賢所說的極是，婺源確是風水寶地，可這與日本人攻打婺源有何關係？難不成他們是衝著本地的風水來的？」

他這麼一問，胡德謙等那些鄉紳頓時愣住了，是呀，婺源的風水再好，可與日本人有什麼關係呢？

他這麼一說，其他人頓時啞口無言了。

胡德謙看了看大家，說道：「汪縣長，你剛才說婺源危矣，我們這幾個老不死的，在縣裏好歹也是有頭有臉的人物，你看有什麼需要我們幫忙的？」

這番話說到了汪召泉的心坎上，他說道：「胡會長，現今我最想要的，就是人和槍，你看你們能不能儘量多湊集人和槍，交給縣保安大隊的方隊長統一調配？」

胡德謙沉吟了一下，說道：「這人嘛倒還有些，各村都有不少壯勞力，組織起來就是，只是這槍恐怕難辦了，我手底下也就十幾條槍，早就交給你們了！」

另一個鄉紳說道：「這槍確實很難辦，不過火銃倒有一些，各村都有打獵的獵戶，全縣集中起來應該有一兩千支！」

汪召泉大喜，說道：「火銃的射程雖不遠，可近距離也有很大的殺傷力！」

那個鄉紳接著說道：「民國初年的時候，有村民用自製的松木炮打過土匪，要不叫村民多趕製一些松木炮出來，說不定能趕上用場！」

汪召泉上前拉住那個鄉紳的手說道：「只要能打得響的就行，我們學遊擊隊的方法，派人於路邊或山林埋伏，打上幾槍，放上幾炮就走！只要再堅持個十天，援軍一定有消息！」

胡德謙慢條斯理地說道：「汪縣長，剛才說的那些事，就交給我們幾個去辦！」他接著轉身對那些鄉紳拱手道：「諸位回去後，儘快集中人和火銃，下午五點鐘之前到縣保安大隊報到！」

汪召泉上前說道：「胡會長，我看沒必要回縣裏了，那樣耽誤時間，把集中起來的人和槍，由各鄉公所指派的人帶隊，就近往四處增援吧！」

胡德謙點了點頭：「只有這樣了，希望能夠多熬些時候！」他接著對同來的鄉紳們說：「你們先回去吧，路上雪滑，注意點！我和汪縣長還有些事要單獨談一談！」

那些鄉紳離開後，文書也知趣地退到外面去了，胡德謙和汪召泉在火盆前坐下，烤了一下冰冷的雙手，低聲說道：「汪縣長，我不是滅自己的志氣長日本人的威風，有些事情要做長遠考慮才行。東西南北四個方向，離縣城最近的不過四五十里，最遠的不過一百多里，單靠一些火銃和松木炮，要想熬上十天的話，恐怕很難！我認為，於今之際就是要弄清日本人進攻婺源的真正原因，才好想辦法對付！」

汪召泉說道：「胡會長，我也想弄清楚是什麼原因呢！」

胡德謙說道：「你不知道，也許上面知道，你打電報給上面，務必弄清是什麼原因！」

汪召泉為難地說：「胡會長，我早就打電報到上面了，可是上面至今沒有答覆，只要我組織民團進行抵抗，還說國軍有十個師的軍隊，正向這一帶包抄！日本人熬不了多久的。」

胡德謙說道：「這話你說給別人聽，也許有人相信。你不看湘豫桂戰場上，國軍一百多萬軍隊，都……」

汪召泉擺了擺手，說道：「胡會長，你到底想說什麼，不妨直說吧！」

胡德謙說道：「以縣城為中心，東西北三面有遊擊隊幫忙，還能頂一陣。只是這南面太白村一線，雖然有一條河隔著，可就在今天傍晚，沿河的防線已經被日軍突破，接下來，日軍由幾條小路就可直逼縣城！」

汪召泉的臉色變了一變，問道：「那怎麼辦？」

胡德謙說道：「我已命人在這幾條小路上設了埋伏，這大雪天的，日本人路線不熟，不敢輕舉妄動。」

汪召泉說道：「可據我的消息，南面的日軍有上千人，配有坦克和大炮，若他們過了河，明天就可以衝到縣城！」

胡德謙微微一笑說道：「來縣城的大路，我已經命人把所有的橋都給炸了，路面也被挖得一塌糊塗。如果日本人想走小路的話，坦克和大炮沒辦法過來。」

汪召泉的神色緊張起來：「可這樣也支撐不了多久呀！」

胡德謙說道：「這正是我想找你商量的原因。你姐夫不是上饒行署的專員嗎？」

汪召泉問道：「是呀，怎麼啦？」

胡德謙說道：「還記得十年前在南昌被處決的方志敏嗎？」

汪召泉似乎愣了一愣，說道：「胡會長，你到底想說什麼，直直白白說出來，不要有一句沒一句的。」

胡德謙說道：「方志敏雖然死了，可共產黨遊擊隊還有很多人被關在上饒集中營。如果你姐夫能夠站在國共統一戰線的大局上，把關在裏面的人放出來。那樣的話，弋陽橫峰一帶的遊擊隊便會很快發展起來，讓他們從後面打擊日軍，就……」

不等胡德謙把話說完，汪召泉連連道：「胡會長，你也不去打聽打聽，那些關在集中營裏的人，豈是輕易能夠放的？再說了，就算我姐夫想放，那也要上面同意呀！那些人一旦被放，還不等於放虎歸山，你我能有好日子過？」

胡德謙歎了一口氣，沒有作聲。

汪召泉接著說道：「就拿在鄣公山一帶活動的胡澤開來說吧，現在他確實在幫我們，可日本人一走，我們還不一樣按上面的意思剿匪？胡會長，你要認清形勢。黨國的利益高於一切，明白嗎？」

胡德謙說道：「好了，汪縣長，算我沒說，行了吧？我建議你還是做點準備，萬一日本人打到縣城，你和縣政府的一幫人，就搬到清華鎮去！」

汪召泉拱手道：「那我可多謝胡會長了！」

胡德謙起身，慢慢走了出去，邊走邊自言自語地唱起了那首童謠：「……賊從東邊來，哭聲震九州……疑龍撼龍龍抬頭，婺江源頭一命休；田上草，貴人相，帝王印信無處尋……」

汪召泉望著胡德謙的背影，聽著對方那蒼老的長吟，雖然身旁的爐火正旺，但他卻感到一陣透骨的寒意。

胡德謙走後，劉師爺那瘦小的身軀從照壁後面轉出來，走到汪召泉面前說道：「汪縣長，你們剛才的談話我都聽到了，我聽說胡會長上個月送了一批糧食和棉布給遊擊隊，這樣的人你不可不防著他一點。不過我覺得他的建議不錯，把縣政府搬到清華去也好！」

秘書從裏面疾步出來，把手裏拿著的一份電報遞給汪召泉，說道：「剛剛收到的緊急電報！」

汪召泉接過電報看了一眼，驚道：「是真的嗎？」

秘書點頭，說道：「是重慶那邊直接發給我們的，還能有假？要不我去叫胡會長回來，商量一下怎麼辦！」

劉師爺說道：「這是機密，千萬不能對外人說起，是要掉腦袋的。」

秘書問道：「那我們怎麼辦？」

劉師爺瞟了一眼汪召泉手裏的電報，說道：「如果他真的被日本人帶到了婺源，還怕第一和第三戰區的司令長官，不拚死派兵過來救嗎？」

汪召泉高興地說道：「這下婺源有救了！」

劉師爺說道：「汪縣長，要不我們把自己的人撤回來，只要守著縣政府不被日本人佔領就行。剩下的那些事，就交給胡會長他們去辦。不是說用火銃和松木炮，都可以抵擋日本人嗎，那就讓他們去擋！」

汪召泉說道：「用我們的人在縣內集中尋找那股日本人，只要能夠把他救出來，那是大功一件，比守住一個小小的婺源強多了！」

胡德謙出了縣政府大門，見門廊邊站著幾個家丁，那頂布衣小轎上，已經積了厚厚的一層雪。管家胡旺財上前道：「老爺，快半夜了，雪下得這麼大，我們就不要回去了吧！」

胡旺財一家三代人都在胡德謙家當管家，他比胡德謙還大一歲，小的時候和胡德謙一起讀私塾，兩人的感情很深厚。

「往年到了這個時候，都開春了，怎麼還下這麼大的雪，真是邪了！」胡德謙看著火光中那漫天的大雪，比他來的時候下得更大了，他轉身看了身邊那縣政府的牌子一眼，對胡旺財說道：「雪大，路上滑，這轎子就不坐了，你去找匹馬來！」

胡旺財離開後，胡德謙對其中的兩個家丁說道：「你們倆先回去，把族裏的幾個老人都叫起來，在我家等。另外把上下幾個村的青壯年男人都集中起來，家裏有火銃的，把火銃帶上。」

那兩個家丁領命去了。

沒多久，胡旺財牽了一匹馬來。胡德謙上了馬，策馬往城外而去，胡旺財和另兩個抬轎的家丁緊緊跟上。

胡德謙騎馬走到西門瑙，還沒出縣城，遠遠看見前面有幾個舉著火把的人，正冒雪而來。近了些，他認出為首那人，是警察局長羅中明，忙下了馬上前說道：「羅局長，辛苦呀！」

羅中明也認出是胡德謙，忙道：「胡會長，這麼晚了還要去哪裏？」

「回村！」胡德謙說道：「縣裏情況吃緊，太白村那邊已經頂不住了，我已經和汪縣長商量了，儘量從全縣各村抽些人手，不管怎麼樣也要頂一頂！」

羅中明點頭道：「那是，那是！有胡會長這麼賣力，我看日本人打不進來！」

胡德謙上前兩步，低聲問道：「找到那股日本人的蹤跡沒有？」

羅中明搖了搖頭，說道：「也真的奇怪，明明進了婺源，怎麼就一點蹤影都找不到呢？」

胡德謙說道：「得細心去找！說不定他們就躲在縣城的哪個角落裏！」

羅中明拍了一下自己的腦袋：「你倒提醒了我，我只顧在下面找，居然忘記了縣城裏，我今天晚上就來個全城搜查！」他拱了一下手：「胡會長，回見！」

胡旺財帶著那兩個家丁追上來，一把扯住馬韁說道：「老爺，你走慢點，我們兩條腿的，怎麼跑得過四條腿的？這大雪天的，又沒個火把，萬一你不小心摔著了，我們可吃罪不起呀！」

胡德謙對胡旺財說道：「胡管家，你牽著韁繩走，小心點就是！」

胡旺財一手舉著火把，一手牽著韁繩，走在最前面。

一行四人出了縣城往西走，來到距離縣城七里路的一個小亭子。胡旺財指著亭子左邊山坡下那幾間房屋說道：「老爺，前陣子我帶我外甥來找游瞎子排八字的時候，聽他說今年婺源要死很多人。要不我們去找他給看看！」

胡德謙的心弦一動，想起了他唱過的那首童謠。

游瞎子是這一帶最有名的相面先生，據說是何半仙的徒孫，兩眼雖然瞎了，可排八字算命，只要報上的生辰準確，定能說個八九不離十。

最出名的一次，是算準了前任縣長孟如光的死。孟如光是從修水那邊調來的，上任幾年來，不顧婺源人的死活，只顧拚命撈錢，弄得天怒人怨。縣裏的幾個鄉紳聯名到上面去告，不但沒告得下，反而要升官了，說是調到九江去當行署專員。有一個鄉紳弄來了孟如光的生辰八字，想問問游瞎子，孟如光的時運如何。哪知道游瞎子把八字一排，說這個人命中犯煞，祖蔭不夠，不過十天定遭橫死。那鄉紳當然不信，走的時候連卦金都不給。

孟如光不知道怎麼得到了消息，派人把游瞎子抓了起來，說他妖言惑眾。但孟如光心裏也怕，整天躲在縣政府裏，哪裏都不去，從街上找來兩個妓女，天天陪著喝酒享樂。只等熬過這十天，打算把游瞎子遊街示眾後槍斃，以出心頭之恨。好不容易熬到第九天，浮梁縣的縣長突然來訪，商量與婺源縣聯手「剿匪」的事宜。當天晚上，孟如光喝多了酒，由兩個妓女扶著上樓的時候，不巧一腳踏空，三個人一同從樓上滾下來。

若在平時從樓上滾下來，大不了摔個骨折什麼的，可偏偏那天不知道什麼人在樓梯下放了一個馬扎。孟如光一頭撞在馬扎的邊角上，當場就死了。那兩個妓女倒是沒事，不過後來被警察局長羅中明以「意圖謀害縣長」的罪名槍斃了。孟如光一死，游瞎子頓時名聲大震，第二天一大早就被人從牢裏放了出來。那個沒給卦金的鄉紳，帶著兩百大洋和一擔子花紅，親自到牢門口迎接，鞭炮從縣城一直放到七里亭。

游瞎子能說出那樣的話，莫不是早就算到了什麼？想到這裏，胡德謙說道：「只怕這時候他早就睡了！」鄉下人素來早睡早起，尤其這大雪天，早早鑽進暖和的被窩，比坐在火盆邊要舒服得多。

胡旺財說道：「老爺找他，那是給他面子！」

四個人出了亭子，沿著亭子邊的一條小路往下走，沒走多久就來到一座青磚碧瓦的大屋前。周圍幾棟房子早已黑燈瞎火，唯獨這棟屋子裏面透出燈光。都這麼晚了，游瞎子還沒睡麼？

胡旺財納悶著，正要上前敲門，卻見大門「吱呀」一聲從裏面開了，一個舉著美孚燈的中年男子站在門口。他認出這人是游瞎子的小兒子游勇慶，忙道：「這麼晚了，你們還沒睡呀？」

游勇慶說道：「我爸說今天晚上有貴客來訪，要我一直等著！」

胡德謙一聽這話，忙下馬躬身道：「麻煩你回稟游先生，就說我胡德謙深夜冒昧來訪，還請他見諒！」

游勇慶笑道：「外面雪大，快點進來，說那些客套話做什麼？」

幾個人隨游勇慶進了院門，一個家丁把馬繫在院內的遮簷下。過了天井來到堂屋裏，頓時令人感到一陣暖意。

堂屋裏生了一盆火，上首八仙桌上，放著一盞美孚燈。一個戴著棉帽，穿著棉大褂的老頭子，正坐在火盆前的躺椅上。

游勇慶給幾個人倒了熱茶，胡旺財他們三個人在路上摔了好幾跤，渾身都是泥水，圍著火盆烘烤。

胡德謙上前幾步，拱手道：「胡德謙深夜冒昧來訪，還請先生多多見諒！先生不虧是高人，算準今晚……」

游瞎子乾咳了幾聲，說道：「你來找我，究竟想知道什麼？」

胡德謙再次拱手道：「我胡德謙生於考水，是光緒七年六月十二日卯時所生，今年虛歲六十有五，還請先生算算我的年運。」

游瞎子低聲說道：「你這命還用得著我算麼？是福不是禍，是禍躲不過。積德行善之人，福佑子孫呀！」

胡德謙說道：「我想起兒時何半仙留下的童謠，裏面有婺源二字，還請先生指點迷津！」

游瞎子說道：「你們考水胡姓之人本不是凡種，諸事有因也有果，這童謠的因果，就落在八卦二字上，你好好想想吧！」

在火盆前烤火的胡旺財說道：「游先生，我們家老爺是想請先生算算年運的，你說這些話做什麼？」

游瞎子說道：「天機不可洩露，你們家老爺是聰明人，有些事他應該會想到的！」

胡德謙微微一笑說道：「多謝游先生，胡某告辭了！」

游瞎子叫道：「胡公，我有一事相求！」

胡德謙說道：「先生有事只管吩咐！」

游瞎子說道：「我這小兒子天生命硬，留在家中恐怕沒有什麼出息，須得貴人提攜才行，既然胡公來了，今晚就把他帶走，你看如何？」

游勇慶從內堂出來，已經換了一身衣裳，肩上扛了一支火銃，腰裏挎著一把短柄腰刀，掛了兩筒火藥和鐵砂子，一副精神抖擻的樣子。

胡德謙看了一眼游勇慶，眼下縣裏正是用人之際，多一個人多一份力量，當下也不客氣，朝游瞎子拱了拱手，說道：「難得先生如此大義，我這就把人帶走了！」

說完轉身向外面走去，其他人則緊跟在他的身後。游勇慶從柴屋裏拿了幾頂斗笠分給胡旺財他們，有斗笠戴著，好歹能遮擋一些風雪。

一行五人離了七里亭，迎著風雪往西走。

兩個時辰後才來到一個叫高砂的地方。從縣城到高砂，不過二十華里的路，平時走路還不到一個時辰。雪天路滑，胡旺財和兩個家丁一路上不知道跌倒多少次，渾身上下都是泥巴，衣服也濕透了。倒是游勇慶聰明，在布鞋上套了一雙厚底草鞋，走得慢，卻不曾摔倒。幾個人走得直冒汗，也不覺得冷。

從這裏往北走五六里地，爬過一道山嶺，就到考水村了。

胡旺財說道：「老爺，這雪下得太大了，我們在高砂的保長家歇一會兒，等雪小一點再走吧？」

高砂的保長程賢冠，前些天帶了兩百多個鄉丁去支援太白村那邊，現在不知道生死如何，現在家裏只剩下老婆孩子，怎麼好上門打擾？

胡德謙也知道胡旺財的年紀大了，比不得三個年輕人，於是說道：「要不你在高砂找戶熟人家休息，他們三個陪著我回去就行！」

胡旺財見胡德謙這麼說，哪裏肯答應，咬咬牙牽著馬繼續前行。

這幾里山路很崎嶇，經常有狼出沒，一般人要想從這裏過，也都結伴而行！

胡德謙對一個家丁說道：「把你的槍給我！」

他接過家丁的槍，利索地把子彈上了膛，倒提在手裏。兩個家丁一邊走，一邊小心地觀察著周圍的動靜，除了幾個人的走路聲外，就只有大風刮過樹林的「嗚嗚」。這聲音在這樣的夜裏，分外的令人覺得心驚膽戰。

終於來到山嶺下，胡德謙下了馬，拄著胡旺財遞給他的拐杖，把馬韁遞給一個家丁。

走在最前面的游勇慶看到前面有影子晃動，忙摘下身上的火銃，拔掉塞住銃口的紙塞，大聲叫道：「如果是人的話，就應一聲，否則我開槍了！」山裏人走夜路有很多禁忌，相互之間遇到，不敢亂打招呼，只要發出聲音，證明自己是活人，就行了。

傳來一聲狼嚎。

游勇慶不敢怠慢，對著那些黑影摳動了扳機。一聲巨響，從銃口迸出萬點星光，成扇形筆直朝前面射去。

火銃的聲音比步槍不知道要響多少倍，饒是胡德謙有所準備，也被震得耳朵嗡嗡直響。如此大的聲音，山嶺台階上的野狼早被嚇跑了。

一銃打完，游勇慶很利索地往銃口裝火藥和鐵砂子。另一個家丁也摘下背上的槍，打開保險瞄準前面，仔細尋找目標。

上好火藥和鐵砂子，游勇慶平端著火銃，貓著腰，一步步踩著台階往上走。走了七八級台階，隱約見前面台階上的雪窩裏，躺著兩個死人，頓時嚇了他一大跳，幾步竄下台階，來到胡德謙身邊，叫道：「胡老爺，我……我打死人了！」

胡德謙一愣，剛才明明聽到前面傳來狼叫，游勇慶才開的銃，這麼遠的距離，若真的活人被銃打中的話，不可能那麼快致命，怎麼連慘叫聲都沒有？當下從一個家丁手裏接過火把，一手提著槍，對游勇慶說道：「不要怕，我們再上去看看！」

胡德謙走在最前面，身後跟著游勇慶和另一個持槍的家丁。往上走了十幾級台階，感覺腳下踩著了什麼東西，低頭一看，居然是一隻死人的胳膊。

台階的雪地上還有一些雜亂的梅花狀足印，是狼留下的。

那隻死人的胳膊被狼啃過，露出白森森的骨頭。再往上的台階上，果真有兩個死人，胡德謙一眼認出那兩個死人，正是他先派回家報信的兩個家丁。他驚道：「怎麼會這樣？」

走在後面的胡旺財聞聲趕上前，看到了雪地裏的慘狀，兩個家丁的屍體已經被狼啃得不成樣子，當即哽咽著說道：「可憐，怎麼兩個人連槍都不敢放，硬生生讓狼給吃了呢？」

兩個家丁共有兩支槍，一人一把，其中一個家丁的槍還背在身上，另一個家丁的槍甩落在山道旁邊的草叢中。

這兩個家丁並不是第一次走夜路過這道嶺，也知道這附近有狼出沒，可是他們居然連槍都沒來得及從肩膀上摘下來，就喪了命。

胡德謙看清其中一個家丁的致命部位在咽喉，傷口很窄，是被一種很鋒利的利器劃過所致。另一個家丁的左手齊肘被砍斷，腹部被橫著砍開了一個大口子，腸子被狼扯了一地。

他望著這兩具殘缺的屍體，說道：「他們不是被狼咬死的，是被人殺的！」

胡旺財問道：「在這種地方，什麼人會殺他們？難不成是胡澤開回來報仇？」

胡德謙說道：「你別亂猜，胡澤開和我是私人恩怨，他要找也是找我，絕對不會濫殺無辜！這種時刻，浮梁那邊的新四軍也不會到這裏來。如果我沒有猜錯的話，他們兩個人一定遇上了不該見到的人！」

他抬頭看了四周一眼，只見大雪茫茫，哪裏還看得到什麼蹤跡？

胡旺財問道：「難道是羅局長他們正在找的那股日本人？」

胡德謙點頭道：「很有可能！明天一大早，你派人騎馬進城告訴羅局長。」

胡旺財問道：「老爺，我們現在怎麼辦？」

胡德謙說道：「不能讓他們放在這裏給狼吃，找樹藤捆了，放在馬背上馱回去！」

胡旺財和另一個家丁就在路邊找了些樹藤，將兩具屍體收攏來捆好，一邊一個掛在馬背上，催著馬往前走。

胡德謙持槍走在前面，一個家丁觀察山道兩邊，游勇慶負責殿後。

上了嶺，是一座石頭砌成的亭子，專供上下嶺的人歇腳用的，亭子上方的一塊石板上，刻著積善亭三個隸體大字。這是胡德謙祖父的書法，他祖上曾出過幾個進士，也算是書香門第，到了他曾祖父那一代，開始出外經商，生意越做越大，儼然成了村裏的大戶。經商不忘習文，更不忘積德行善，遠近十幾里內的路橋涼亭，都由他家出資修建。遇到荒年，也都會對那些貧困的鄉民無償救濟。正因為如此，他家在考水村德高望重，他祖父也成為一族之長，全族胡姓之人若犯了族規，單憑他祖父的一句話，就可定人生死。族長的位置傳到他的手裏，比以前多了一些民主的特色，遇上什麼大事，他會找來族裏的一些老人，共同商討對策。

胡旺財一屁股坐在涼亭內的石凳上，大口大口地喘著氣，再也走不動了。畢竟是上了年紀的人，這一路連滾帶爬的，加上雪水滲透衣裳，寒氣一直透到骨子裏，哪裏還吃得消？坐下來沒多久，身體往後一倒，暈了過去。

胡德謙忙叫一個家丁把胡旺財背上，只要下了嶺，走不上兩里地，就到考水村了。

上嶺容易下嶺難，一個家丁扶著胡德謙走在最前面，每一步都走得很小心。背著胡旺財的家丁走在中間，手裏還牽著馬轡。游勇慶仍走在最後，不時回頭警惕地看著身後。

幾個人一步三滑，好容易熬到半山腰，遠遠看到前面的山道上出現一溜火把。雙方的人走近了些，那邊有人喊道：「山上的是什麼人，應一聲！」

那個扶著胡德謙的家丁梗著嗓子喊道：「自家人！」

下面的人上來了，胡德謙認出領頭正是村裏的武師胡德欣，後面跟著他的小兒子胡福源。他膝下有兩女三男，兩女已經出嫁，大兒子和二兒子分別在杭州和上海經營祖上遺留下來的生意，只有小兒子在身邊。

胡德欣和胡德謙是同輩分的人，但年紀要小上二十幾歲，年輕的時候出去混過，不知道從哪裏學了一身武藝，前些年剛回來，還帶了一個河南的老婆和兩個孩子。有一次幫胡德謙運一批茶葉去杭州，路上碰到國民黨的潰兵，他一個人領著幾個夥計，硬是打跑了二十幾個潰兵。農閒的時候，教村裏的那些後生小輩們練練武，被村裏的人尊成為武師。

胡福源看到了父親，忙上前叫道：「爸，這大雪天的，你這麼晚怎麼還回來呢？要是有個什麼閃失，那可怎麼辦？」

胡德謙問道：「你們怎麼知道來接我們？」

胡福源說道：「縣裏前些天不是要我們注意日本人嗎？是欣叔聽到山那邊有打銃的聲音，便要帶人過去看看，沒想到遇上了你們！」

原來是游勇慶在那邊嶺腳開了那一銃，讓胡德欣聽到了！

胡德欣看到了用藤條捆在馬背上的屍體，還有不省人事的胡旺財，忙問道：「謙哥，發生了什麼事，是不是遇到了什麼人？」

胡德謙說道：「這裏不是說話的地方，回去再說吧！」

胡德欣二話不說，背起胡德謙就往山下走，腳步顯得穩健而踏實。

考水村胡氏宗祠，燈火通明。

祠堂主祭堂供桌上面的中堂壁上，掛著幾幅胡氏祖宗畫像。正中間那一副畫像，上面的人頭戴唐代進賢冠，身穿紫色鶻鳥花紋綾官袍，乃是胡氏義祖胡三公像。胡三公像左邊那一副畫像，上面的人頭戴進德冠，身穿蟒袍，手持朝笏的人，正是胡氏的宗祖明經公胡昌翼，右邊的畫像則是胡氏的二世祖延政公，後世子孫也稱延進公。

畫像下方的條案上，擺著胡氏歷代祖宗的牌位，牌位前的供桌上放著一些祭品。幾支大白蠟燭和掛在橫樑上的幾盞油燈，照著每個人那莊嚴而肅穆的面容。

胡德謙的手裏捏著三支上等佛香，虔誠地朝上首拜了幾拜，把香插到供桌前的香爐裏。在他的身後，站著幾個族裏有聲望的老人。平時族裏有什麼事情，他都和這幾個老人商量。年紀最大的那個老人叫胡宣林，是宣字輩的，比他大兩輩，是他的叔公。

上完香，胡宣林顫微微地說道：「德謙呀，這大冷天的，都這麼晚了，把大家叫起來，究竟有什麼重要的事？」

一個老人說道：「聽說日本人打進來了！」

胡宣林說道：「婺源山高地險，這麼多年了，日本人根本沒法進來，怎麼就打進來了呢？」

胡德謙面對大家，說道：「叔公，我這麼晚把大家叫起來，主要不是為了日本人打進來的事！」

胡宣林問道：「那是為什麼？」

胡德謙正色說道：「大家還記得光緒年間何半仙留下的那首童謠嗎？那裏面就有婺源兩個字，就是現在將要發生的事。」

胡宣林問道：「那童謠我還記得一些，確有婺源兩個字，可是沒有說明婺源究竟要發生什麼事呀！」

胡德謙說道：「我也不知道會發生什麼事，不過七里亭的游瞎子告訴我，跟『八卦』兩個字有關，這一路上我都在想，該不會驗證在我們祖宗的八卦墳上吧？」

一個老人說道：「不可能這麼玄呀，這日本人跟我們祖宗有什麼關係呢？」

胡宣林說道：「不管是什麼人，要想來挖我們的祖墳，那我們可不幹，把全村的人集中起來，跟他們拚了……」

胡德謙說道：「我也想不明白，這日本人怎麼會看上我們的祖墳？不過，日本人突然間攻打婺源，不可能沒有一點原因吧？游瞎子的話不可不信，我們還是防著點好。」

胡宣林說道：「是呀，不怕一萬，就怕萬一，要是連祖墳都讓人給挖了，我們這些人死後，還有什麼臉面去見祖宗呢？德謙，你想怎麼辦就怎麼辦吧！」

天色微明，外面的雪不知什麼時候已經停了。

站在祠堂主祭堂外面的胡德欣一直聽著他們說話，最後聽胡宣林那麼說，他走了進去，說道：「從今晚開始，每天三批，每批五個人，輪流守著八卦墳，你們看怎麼樣？」

胡德謙說道：「我看還得再多加幾個人，除了明天去支援抗日民團的人外，村裏的男女老少都歸你調配。另外，明天一大早，派人去縣裏通知羅局長，要他多派些人，在高砂一帶搜查一下。」

他接著對站在胡德欣身後的胡福源說道：「明天等上下幾個村的人全部組織起來以後，由你帶隊，抄小路往南線去支援，多帶些炸藥去，萬一不行，把路給我封死了。不管怎麼樣都要給我頂住，不能放一個日本人進來，就是死，也要弄兩個日本人墊背……」

他的話還沒有說完，就見一個人連滾帶爬地衝進來，大聲哭道：「德謙叔，不好了，出大事了！」

第七章

地下奇洞

福伯一聲驚叫，身子突然後退，
撞在程順生身上，兩人沿著陡峭的岩壁往下滾。
苗君儒眼快，右手抓著岩石縫隙裏的樹枝，
左手抓著福伯，另一隻腳勾住程順生的腰，
好歹將兩個人的身體穩住。
福伯驚慌失措地叫道：「死人，有死人！」

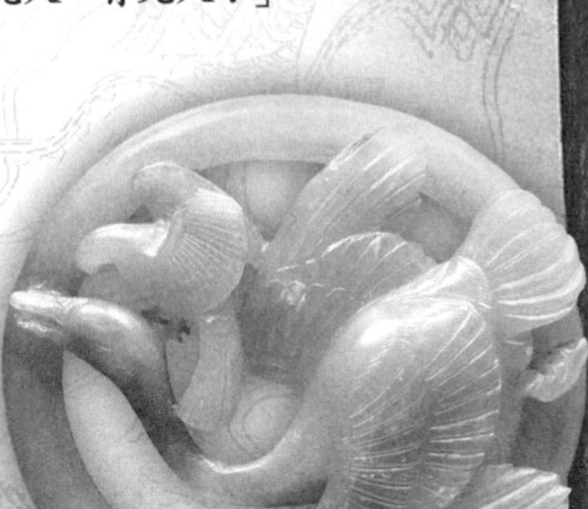

民國三十四年三月十一日晚，農曆一月廿七日，驚蟄日的第六天，距離二月二龍抬頭還有三天。

在胡德謙冒著風雪趕回考水村的當晚，苗君儒和卡特正跟著新四軍皖贛邊區大隊第二支隊的人，踩著一尺多深的積雪，走了幾十里山路，翻過了婺源與浮梁交界的牛頭山，來到一個叫程村的村子。

苗君儒借著火把的光線，看了一下腕上手錶，已經是凌晨五點多，再過些時候，天就要亮了。

離程村不遠就是戴村，兩村相距不過三里地，本是一水同源。就是為了這條溪流裏的水，每到乾旱季節，兩村爭端不斷。不知道從什麼年代開始，兩村結下仇怨，彼此之間不相互往來。

支隊長程順生就是程村人，把同志們安排在村裏的祠堂和柴屋裏休息。走了一夜的山路，大家都累得夠嗆，很多人倒在柴禾上，摟著一把乾稻草就睡。打了幾年的遊擊，早已經習慣了地當床天當被的睡覺方式，能有堆柴禾躺著，就已經相當不錯了。

為以防萬一，程順生在村頭和村尾各安排了一明一暗兩個警戒哨，佈置完這一切，才領著苗君儒和卡特來到村東頭大樟樹下的一棟破屋裏。

這是他的家，家裏沒有別人，只有一個年邁的老母親。三年前，他父親在山上救了兩個「皖南事變」後逃到這裏的新四軍戰士，不料被戴村的人告發，縣裏很快來了保安隊，保安隊隊長方志標受命把他父親和那兩個新四軍拉到村頭的大樟樹下，當著全村男女老少的面活活燒死。他為報父仇，上山找到了遊擊隊參加了革命，次年入黨，別看他才二十歲出頭，但已經是一個有著三年黨齡的老黨員了。

天濛濛亮的時候，大雪已經停了，村頭田野裏的積雪足有兩尺深，晨起的太陽光將天地映照得白晃晃的一片，幾乎讓人睜不開眼。

程順生推開殘破的屋門，看到了剛剛起床的母親，老人家欣喜地看了兒子一眼，說道：「回來了？」

苗君儒跟著走了進去，朝老人微笑了一下，說道：「老人家，打擾了！」

最後進來的卡特，也說了一句和苗君儒一樣的話。

老人家有些奇怪地看了幾眼苗君儒身後的卡特，她活這麼大，還是第一次見到外國人，更沒想到外國人居然能說中國話。只可惜她只聽得懂本地方言，官方的話是聽不大懂的，朝兩個陌生的男人點了點頭，就算打過招呼了，轉身到灶下去燒火。

程順生安排好卡特到廂房裏去休息後，對苗君儒說道：「苗教授，我想和你單獨談談！」

苗君儒微微笑了一下：「我也有這個意思！」

儘管走了一夜，他並不覺得睏，這一路上，他不斷和卡特討論日軍為什麼要殺光那個村子所有人的原因。卡特一直認為是日軍為了掩蓋白髮老者等日本人的行蹤，才殺光了村裏的人。

可他卻覺得不可能那麼簡單，既然在那裏發現了廖清的梳子，就說明她肯定在那裏停留過。她來這邊的目的，也許是尋找失蹤的苗永建。就算程雪梅陪她來，可她們兩個弱女子，在這兵荒馬亂的年代，憑什麼來到這麼遠的地方？

卡特所認定的原因雖然有一定的道理，可仔細想一想，也說不過去，白髮老者來到中國不是一兩天的事，難道為了掩飾行蹤，而把所有停留過的地方的人全都殺光？這樣的話，還不等於告訴別人，此地無銀三百兩，國民黨的軍統特務就是再笨，也會查到一些線索。

要想知道那個小村子發生過什麼事，只要見到廖清，一切都會明白，可是她究竟在哪裏呢？

他還想知道的是，共產黨人怎麼知道派人去接他，而且消息來得那麼準確。

他跟著程順生來到堂屋，各自找了一把椅子坐下，彼此相互注視了一會兒。

程順生說道：「能說的我不會隱瞞你，不能說的，我一個字都不能透露，請你諒解！」

苗君儒問道：「北大考古隊隊員的屍體，是在什麼地方被發現的？」

程順生說道：「距離這裏幾十里的嶺腳村，在一個山谷裏。」

苗君儒說道：「北大考古隊一共有六個人，是不是只發現四具屍體？」

程順生說道：「好像是的，屍體原來放在浙源保安所裏，去了也沒用，現在應該埋了！聽說他們是被日本人殺的，但是那一帶有遊擊隊活動，日本人應該過不來！」

「可別小看了那些日本人，他們的本事出乎你的想像！」苗君儒接著問道：「那邊的地形怎麼樣？」

程順生說道：「那邊有一條山路，是古代的驛道，翻過浙嶺可直通安徽休寧縣。」

苗君儒問道：「那附近有沒有什麼古遺跡什麼的？」

程順生說道：「婺源到處都是很古老的東西，我不知道你具體指什麼！」

苗君儒說道：「你隨便說幾個！」

程順生說道：「浙嶺的古驛道很久以前就有了，那嶺上有一塊大石碑，石碑有一人多高，碑上有字，我們都不認得，離那裏二十多里是浙源村，村裏有個龍天塔，是明朝的。」

苗君儒問道：「那附近有沒有什麼姓胡的古村落？」

程順生說道：「浙源上面的人大都姓詹，姓胡的當然有，可不多，胡姓的村子主要在清華鎮那邊，而且歷史很久！」

苗君儒想了一會兒，問道：「是誰叫你去接我的？」

程順生愣了一下，想不到苗君儒會突然問這個問題，他說道：「對不起，苗教授，我剛才說過，對於這樣的問題，我沒有辦法回答你！真的！」

苗君儒微微笑了笑，程順生只不過是一個執行上級命令的小人物，也許真的什麼都不知道。就算能回答他，也不一定是他想要的答案。他乾脆換了個話題：「我想這事，說不定早就引起了你們高層人物的重視，我知道你們共產黨人的隊伍裏有很多能人！從江西到陝北，徒步走兩萬多里，就憑那幾條破槍，國民黨幾十萬大軍都沒能把你們堵得住，這樣的奇蹟，絕非常人能夠做到！」

程順生笑道：「想不到你還知道這些！」

苗君儒的聲音低沉起來：「我不止知道這些，還知道九龍朝聖之地，嫦娥奔月之像。中國自古朝代更替，都與山川地形，星宿變化有關，如海之潮湧，一波接一波，永不停息。歷朝天子自喻為龍，龍之變化，上達蒼穹，下臨深淵……龍生九子，各鎮九州，無極無脈，無形無具……」

程順生根本聽不懂苗君儒說的這些話，說道：「苗教授，你說的那些龍，我不懂，不過我想起離我們這裏十里路的地方，有個叫通元觀的村子，村子周邊的山上有幾個山洞，很古老的，裏面有岳飛和朱熹他們那些人的題詩。其中有一個叫孽龍洞的山洞裏有龍池，每當二月二龍抬頭的日子，洞裏面都會冒出很多雲霧，還傳出龍吟的聲音……」

苗君儒驚道：「你說什麼？二月二龍抬頭？」

他猛地回過神來，剛才他說那些話的時候，完全沉寂在一種無意識的狀態，是郭陰陽灌注給他的風水堪輿知識。換句話說，其實是郭陰陽在說話。

程順生一本正經地說道：「是呀，聽老人們說，那龍池是直通大海的，下面鎖著一條孽龍，據說是張天師施了法術鎖住的，要不鎖著的話，那條孽龍早就跑出來害人了！現在龍池邊上還有那條鐵鎖呢！誰都不敢亂動，一動下面就有動靜！」

苗君儒起身道：「我們現在就去那裏！」

「等吃完飯休息一下再去。要是換到以前，我不敢在家裏多停留，怕縣保安隊得到消息後追過來，現在不用怕，保安隊都去打日本鬼子了！」程順生把婺源當前的形勢全部告訴了苗君儒，接著說道：「我們本來在西線抗擊日本鬼子的，臨時得到命令去接你，任務是保證你的安全！」

苗君儒說道：「這麼多人保護我，不覺得浪費嗎？等日本人打進來就遲了，保住了婺源就等於保住了我。再說，就算我被日本人抓到，他們也捨不得殺了我！」

程順生問道：「為什麼？」

苗君儒說道：「這也是我的秘密，你就算知道也沒有用。」

程順生似乎有些無奈，說道：「那這樣吧，我帶兩個人負責保護你，其餘的人去增援西線那邊！你覺得怎麼樣？」

他的母親端了一盆紅薯飯進來，說道：「順生呀，招呼客人趁熱吃吧，鍋裏還有！有什麼事等吃完了再說。」

苗君儒聽不懂婺源話，但他從老人的表情上，猜出了話中的意思。

走了一夜的山路，早已經餓腸轆轆，兩碗紅薯飯下了肚，乾癟的胃頓時舒服多了，渾身也立刻充滿了無窮的精力，苗君儒放下碗筷，說道：「你知道那個山洞在哪裏嗎？帶我去！」

程順生說道：「那個洞很難找的。幾年前，通元觀村子裏的人，把那個洞口給封了，一般人找不到！」

苗君儒問道：「為什麼要封洞？」

程順生說道：「據說光緒年間，有人進去扯那條鐵鍊，扯了三天三夜都沒扯到頭，驚動了那條孽龍，龍池裏翻起了大浪，水從洞口湧出來，淹沒了幾個村子。後來徽州一個叫何半仙的風水先生，在裏面做了法，一般人進不去，也不敢進去。民國初年的時候，外地來了兩個人，進去了後一直沒有出來。從那以後，就更加沒有人敢進去了！」

苗君儒說道：「真的那麼神奇嗎？我倒要去看看！」

他突然想到，郭陰陽臨死前在他手心上寫下的，只有兩個字，就是：護龍。也許白髮老者和上川壽明他們要找的，就是這條孽龍，只要找到孽龍洞，用撼龍術破解洞裏的道家法術，就可釋放出那條孽龍，令天下大亂。可要釋放孽龍，有撼龍術就足夠了，那麼，白髮老者苦苦破解《疑龍經》上的玄機，又有什麼用呢？

他從懷中拿出那本《疑龍經》，翻到那些做了標記的地方，皺著眉頭思索，這本風水堪輿的書，是用來尋找風水龍脈的。或許日本人要想找的，就是中國的龍脈，只要找到中國龍脈，將其挖斷，中國氣數一盡，泱泱華夏子孫，將永世臣服於大和民族。

想到這裏，他驚出了一身冷汗，白髮老者和上川壽明來中國的目的，只有一個，那就是尋找中國龍脈。

從玄學上考慮，龍脈所在，與人是有很大關係的。現今中國的龍脈，若不在浙江奉化溪口，就應在湖南湘潭韶山。他們兩個人來婺源做什麼，難道中國的龍脈會在婺源嗎？

龍行於天，隱於地，潛於淵，變化無窮無盡，根本無跡可尋。真正的龍脈並不是那麼容易尋找得到的，就算是一流的風水師，足跡踏遍整個中國，耗盡畢生的精力，也不見得能夠找到。

他望著手裏的《疑龍經》，也許尋找龍脈的關鍵，就在這本書上。若不想讓白髮老者和上川壽明找到龍脈，只要把這本書毀掉，不就行了嗎？

他走到灶邊，望著爐膛裏熊熊燃燒的火焰，正要把書丟進去，腦海中突然靈光一閃，那日本白髮老者也不是蠢人，既然把《疑龍經》留給他，也一定會想到他會毀掉這本書。郭陰陽告訴他，這本書上有天大的玄機，並要他護龍，也許尋找龍脈和保護龍脈的玄機，都在這本書上。

程順生見苗君儒拿著那本古老的書站在灶下，不知道他在想什麼，上前說道：「苗教授，等我出去交代一下工作，然後陪你去找那個洞！」

程順生出去後，苗君儒坐在灶下，看了一會兒《疑龍經》，可心亂如麻，腦海中總是想著廖清和他兒子苗永建。無論是廖清還是苗永建，都不是短命之相，可目前他們兩人的處境，確實令他擔心。

想用六個銅錢來卜一卦，可找遍了每個口袋，只有幾個大洋。有心向程順生的母親借，可是語言不通，兩人比劃了好一陣子，老人都不明白他的意思。情急之下，找了根樹枝在地上畫了銅錢的樣子。老人明白過來，在身上摸索了半天，才摸出兩個銅板。

苗君儒尷尬地笑了笑，把口袋裏的幾個大洋全塞到老人的手裏，老人似乎嚇了一跳，結結巴巴地說著，怎麼都不肯要。

兩人正僵持著，程順生帶著兩個人進來了，看到這樣的情景，忙道：「苗教授，不就喝兩碗紅薯稀飯嗎？用不著給錢，在我們這裏，一塊大洋可以買兩頭豬呢！」

苗君儒說道：「程隊長，我不是那意思，是我給老人家的一點心意！你看你家裏……」

程順生說道：「你的心意我替我媽領了，請你把錢收起來吧，別把我媽給嚇著了！天底下比我家窮的還有很多很多，苗教授，你能全都救濟得了嗎？要想我們這些窮人的日子真正好起來，就必須趕走日本鬼子！」

苗君儒知道多說無益，快快地把大洋收起來。

程順生對水生說：「水生，你腿腳快，先行一步去通元觀村找福伯，他可能知道那個孽龍洞在什麼地方！」

水生應了一聲，拔腿就走！

程順生問苗君儒：「要不要把你那位外國朋友也叫去？」

苗君儒說道：「算了，他年紀大，走了一夜的路，也累得夠嗆，讓他多休息一會兒！」

他的話剛說完，就見卡特從廂房裏走出來，笑著說道：「苗教授，這種好事怎麼能沒有我呢？」

一行四人走出屋外，踏著積雪往村外走。雪雖然停了，可天還是陰沉沉的，像極了老人不開顏的臉。

村內來往的村民乍一見到卡特，一個個露出稀奇古怪的樣子。山裏人沒有見過世面，活這麼大還是第一次見到外國人。

苗君儒望著那些村民的樣子，微笑著對卡特說道：「我有些後悔把你從重慶帶過來！」

在這種窮鄉僻壤之地，卡特的每一次出現，都將會引來不少異樣的目光，樸素的村民欣慰自己在有生之年見到外國人的同時，卡特的行蹤也以一種不可思議的速度傳了出去。

有卡特在身邊，苗君儒在婺源的行蹤根本無法掩飾。

那棵被大雪點綴得玉樹瓊枝的大樟樹上，還貼著緝拿程順生與胡澤開等人的懸賞通告。這棵胸徑超過四米的老樟樹，樹齡絕對超過一千年，要五個大男人手牽著手，才能圍得過來。這棵佇立在村口的老樟樹，就如同一個老實而忠厚的長者，冬去春來，在歲月的長河中，靜靜地守護著這一村百姓。

程順生笑道：「我的人頭值兩百大洋呢！縣保安大隊的隊長方志標幾次派人埋伏我，都沒能把我怎麼樣！」

苗君儒說道：「一基二命三風水，你得感激你家門口的這棵大樟樹，不單是你受益，將來你的子孫都受益，不過……」

他沒有繼續說下去。

出了村，見連綿起伏的群山被大雪覆蓋著，高低有序，有的山勢平緩，如原野上簇擁的羊群，令人倍感溫馨與生機；有的高入雲端，山頂被雲霧籠罩著，如輕紗遮面的妙齡女子，無法看清其廬山真面目，忍不住讓人產生無數遐想。苗君儒陶醉在這山野雪景中，不禁感歎大自然的神來之筆，創造出如此奇妙的景色來。

他往回望去，見身後的村子被幾株高聳挺拔的大樹遮掩著，屋子和樹木渾然一體，再也分不清彼此。若不走近，根本看不出這裏是一處村落。

他又朝周圍的群山望了望，才繼續說道：「群山環繞，一水東流，好一個藏風聚氣之地，只可惜這山谷的朝向在東南，東南乃巽位，巽位屬木，木太旺而水太少，後人若要發達，可選南北兩個方位，離家千里才行！」

程順生笑道：「不虧是教授，連風水這東西都懂！」

山道上的積雪有兩尺多深，走起來還挺吃力的，走不了多遠，幾個人的頭上就已經冒汗。山道上有很多人的腳印，都是鄰近村子那些勤勞的村民留下的。沿著山道走了一個多小時，趕到通元觀村，遠遠地看到村口有兩個人，正是水生和福伯。

大家見面後也沒多話，該說的水生對福伯說過了。福伯看了看苗君儒和卡特，帶頭向另一條山路走去。

轉過兩個山腳，進了一個山谷。山谷兩邊都是嶙峋的石灰岩山脈，有的地方被大雪覆蓋著，有的地方卻露出青灰色的岩石，黑白相間，又是另外一番景象。山路狹窄崎嶇，而且非常滑溜，苗君儒也無暇觀看這樣的景色，只注意腳下的路。

走了一個多小時，好不容易來到半山腰，福伯看到前面山間有一團霧氣繚繞著，登時變了臉色，對程順生說了好幾句話。

程順生對苗君儒說道：「福伯說往年下雪天或是早晨，都能看到從孽龍洞裏飄出來的龍雲，自從洞口封了之後，就再也看不到了！」

苗君儒也看到了山間那團霧氣，說道：「你的意思是，洞口被人打開了？」

程順生點了點頭。

什麼人會無端打開那個洞呢？想到這裏，苗君儒的臉色嚴峻起來，他可不希望白髮老者和上川壽明搶到他的前面，把孽龍放出來。

卡特笑道：「龍是你們中國傳說中的動物，要是那個洞裏真有龍，我可就大開眼界了，這將是震驚世界的奇蹟！」

苗君儒冷冷說道：「卡特先生，我們考古人和你們探險人不同，有些東西是不可以讓世人知道的，你可別對我說你沒有見過活著的木乃伊！」

卡特愣愣地看了苗君儒一眼，臉色有些異樣，沒有再吭聲。

往山上再走了一段路，赫然見到一溜從另一個方向上山的腳印。從雪地腳印的痕跡看，上去的人有三四個，每個腳印的雪窩裏還有一層薄薄的雪，雪是黎明前停的，那時候這裏正有人冒雪上山。

什麼人會在那個時候到這裏來？

程順生拔出了腰間的盒子槍，張開機頭，朝頭頂的山上看了看，並未發現什麼異常。

福伯虔誠地朝山上拜了幾拜，嘴裏不知道咕嚕了幾句什麼話，又對程順生叮囑了幾句，才繼續往上走。

接下來走的路，完全是順著別人走過的路走上去的。

走在最前面的福伯，別看年紀有些大，可手腳還利索。程順生一手提著槍，緊跟著福伯，一邊留意腳下的路，一邊不時朝周圍看上幾眼。

苗君儒用手攀著身邊凸起的岩石，一步步往上走，在他的身後跟著那兩個遊擊隊員，卡特走在最後面，與他們隔開了十幾米的距離。

福伯突然發出一聲驚叫，身子突然後退，撞在程順生的身上，兩人一同沿著陡峭的岩壁往下滾。

苗君儒眼快，右手抓著一根從岩石縫隙裏生長出來的樹枝，左手抓著福伯，另一隻腳勾住程順生的腰，好歹將兩個人的身體穩住。

福伯驚慌失措地指著上面叫道：「死人，有死人！」

這句話不用程順生翻譯，苗君儒聽清楚了。他放下他們兩人後，右腳在岩石上一點，身體像隻大雁一般飛了上去。

上到一處稍微平整一點的地方，看到垂在一堵岩壁下面的樹藤，被人用刀子砍斷了，露出一個黑呼呼的洞口來。洞口倒著兩個人，身體和頭分開，從脖腔中噴出來的血噴到洞口旁邊的雪地裏，紅白相間，甚是鮮豔之極。

程順生也飛奔了上來，看到了那兩具屍體，驚道：「他們怎麼會死在這裏？」

這兩個人是他隊裏的人，今天凌晨在程村住下來後，他派他們去聯繫胡澤開，商議兩支部隊共同抗日的事宜。沒想到他們離開村子後，居然會死在這裏！

苗君儒也認出滾落在雪地裏的帽子，與程順生頭上戴的一樣。下面的幾個人相繼上來了，水生也認出了兩具屍體，哭道：「他們昨天晚上還和我睡在同一個柴房裏的，怎麼今天就……」

苗君儒說道：「要想知道他們怎麼會死在這裏，問一下洞裏的人就知道了！」

水生端著槍要往洞裏衝，被苗君儒攔住：「你這麼衝進去，還沒等你開槍，人頭就已經搬家了！」他隨後用日語對裏面喊道：「上川先生，你認為這個洞裏會有什麼玄機呢？」

從洞裏出來一個人，身上穿著一身中國老百姓的土棉布衣服，但是手裏卻拿著一把軍刀。他一眼就看到了掛在苗君儒腰間的那把佐官刀，用日語問道：「你是誰？」

苗君儒冷笑道：「你又是誰？怎麼會出現在這裏？上川先生呢？」

那人冷笑著將手裏的刀緩緩抽出，說道：「你要想見他的話，得過我這一關！」

苗君儒眼中的瞳孔開始收縮，右手握向腰間佐官刀的刀柄。這附近的村民都沒幾個人能夠找到這個洞的所在，那兩個被殺的遊擊隊員肯定也不知道，日本人是如何找到的呢？

程順生見那日本人抽出了刀，一腔怒火早已經按捺不住，抬起槍口瞄準那日本人勾動扳機。可沒等他開槍，只覺得眼前一花，手腕一痛，一聲槍響，子彈射在石洞旁邊的岩壁上。隨即傳來兩聲慘叫，扭頭看時，見身後不知道什麼時候多了幾個穿著黑衣服的日本忍者，福伯和二毛倒在雪地裏，頸部噴出的鮮血濺到他的身上。

「老子跟你們拚了！」水生大叫著舉槍瞄準，可惜終究慢了一步。一個日本忍者的身形騰起，閃電般撲上前，狹長而泛著寒光的日本刀劈向他的頭部。

苗君儒出手了。一聲金屬的撞擊聲，清脆而悅耳。那個日本忍者手裏的刀劃過了水生的頭頂，削掉了他的帽子，人卻撞在岩石上，再也起不來了。

苗君儒就站在水生的身邊，一滴鮮血沿著他的刀滑到刀尖，滴落在雪地上。其餘幾個日本忍者被他這種極快的刀法嚇住了，不由自主地往後退了兩步。卡特吃驚地望著腳邊的兩具屍體，還有站在岩石邊的日本忍者，低聲說道：「苗教授，我們應該多帶點人來的！」

程順生忍痛拔掉手腕上的日本飛鏢，撿起了掉在雪地上的盒子槍。

苗君儒連忙道：「不要輕舉妄動，你快不過他們！」

日本人的速度之快，程順生已經領教過了，他撕下一截衣襟，包住手上的傷口，低聲道：「苗教授，你說怎麼辦？」

苗君儒說道：「看情況再說，他們也怕我手裏的這把刀！」

程順生和水生站在苗君儒的身邊，憤怒地望著日本人。

卡特想去揀二毛掉在地上的槍，可他看了看那幾個離他沒多遠的日本人，硬是沒敢動。在這樣的地方，沒有躲閃迴旋的餘地，拿槍不一定比刀管用。更何況，他們面前站著的這些日本人，從站立的姿勢看，就知道都是一等一的高手。

站在洞口的那個日本人似乎畏懼苗君儒手中的刀，不敢貿然進攻。這時，從洞內傳出一個蒼老的聲音：「原來是苗教授，久仰久仰！磯谷君，他要想見我，就讓他進來吧！」

站在洞口的日本人正是負責保護上川壽明的磯谷永和大佐，他聽到洞內的上川壽明這麼說，微微把身子側了一下，對苗君儒說道：「只准你一個人進去！」

苗君儒看了看站在四周的幾個日本人，如果他一進去，外面的三個人說不定還來不及反抗，就成了日本人的刀下之鬼。他對著洞內說道：「等我一進去，你的人會趁機把我這幾個朋友殺掉！我要他們跟我一起進去！」

上川壽明的聲音再一次傳出：「磯谷君，沒有我的允許，不得殺死苗教授的朋友，明白嗎？」

磯谷永和無奈地應了一聲。

儘管有了上川壽明的這句話，可苗君儒還是不敢大意，說道：「我知道上川先生是一個重信譽的人，可是我這兩個朋友是本地人，小時候進去過這個洞，我想要他們幫我帶路找到龍池。至於卡特先生，他只想見識一下中國的奇蹟！我想上川先生應該不介意吧？」

過了一會兒，上川壽明說道：「那就都進來吧！」

磯谷永和兇狠地說道：「苗教授，我們手上有你的兒子，千萬不要令上川先生不開心，否則我很難保證他的安全！」

一聽這話，苗君儒略為心安，他說道：「除了我兒子外，應該還有另外一個人吧？」

磯谷永和並沒有回答，冷笑著還刀回鞘，退到一旁。

苗君儒把刀反提在背後，向洞內走去，剛到洞口，就聞到一股很濃的腐屍臭味。這大冷天的，就是死了十天半個月的死人，也不至於這麼臭呀。

他強忍著這股惡臭，順著洞口扒開的地方走進去。

通元觀村周邊的群山都是石灰岩，屬黃山餘脈，受自然環境的影響，形成了多溶洞的喀斯特地貌特徵。據史料記載，共有各類奇洞三十六處，各洞內千奇百怪的鐘乳石和水晶石，形成了一處處截然不同而又無與倫比的景觀。自唐宋以來，無數遊人墨客來此遊覽，洞內留下杜牧、宗澤、岳飛、朱熹等文人刻墨數千處，其中涵虛洞上還有「第一東南洞，歷觀唐宋遊」的岩刻。

苗君儒走進孽龍洞的時候，看到了頭頂石壁上的洞名，中間的那個「龍」字是狂草，像極了一條正在雲端中飛翔的龍，不知是哪位書法大師的筆跡。

程順生要水生點了幾支松明火把，每人手上拿著一支。

進洞後，一條有著人工雕琢痕跡的台階，成斜坡狀向下延伸。那股腐臭味更濃了，幾個人還聽到一陣如同水牛喘氣一般的呼吸聲。苗君儒舉著火把朝喘氣聲傳來的方向照了照，可惜洞內太大，也太黑，看不到什麼。不過他看到了離他不遠的兩個老人，其中一個老人身上穿的，居然是日本的和服，其神態莊嚴，目光如電，一看就知道並非常人。另一個老人的身材佝僂，穿著棉袍大褂，手裏舉著一支火把！

程順生認出那個舉著火把的老人，叫道：「難怪日本人可以找到這個洞，原來是你帶他們來的！」

他接著低聲對苗君儒說道：「他是通元觀村的村長，是少數知道這個洞口所在的人之一。」

那老人回答道：「我一家老小的命都在他們手裏，我敢不帶他們來嗎？怕被村裏其他的人知道，還專門走另一條路上山。」

程順生說道：「你怕你一家老小被日本人殺掉，可我手底的人卻給他們砍了！」

那老人哀求道：「程隊長，那不關我的事，我帶日本人出村的時候，正好碰到他們，日本人怕他們回去報信，所以下了他們的槍，把他們一起帶上山！」

他們兩個人說的是本地話，除水生外，其他人都聽不懂。

趁著他們說話的機會，苗君儒打量了一下洞內火光可照見的地方，只見洞中幽深寬廣，那些經過億萬年水溶沉積而成的鐘乳石，其形態各異，有的如身材窈窕之淑女，有的如力舉千斤之壯漢，更有的，如同一隻隻蟄伏在樹叢中伺機而動的猛獸。洞中奇景，實在美不勝收。可苗君儒無心觀賞這世間奇蹟，他不相信這洞內就只有上川壽明和那老頭兩個人，也許其他人正躲在暗處，想趁他不注意突然偷襲。他偶然抬頭向上看，只見穹頂星星點點，隱約可見一條光帶，顯得光怪陸離。他仔細一看，頓時大吃一驚，整個穹頂如同無邊無際的夜空，那些星星點點，便似點綴在夜空中的星星，七星北斗二十八宿無一不缺，居然是一幅完整的星宿圖，而那條光帶，其形狀與洞口的那個「龍」字極為相似，如同一條翱翔在夜空中的龍。孽龍洞果真名不虛傳。

苗君儒的目光最後落在上川壽明身邊那老頭的身上，那老頭是少數知道這個洞口所在的本地人，上川壽明他們若沒有別人的相助，又如何能夠找得到這個老頭的家，逼他帶路的呢？

婺源本地人能聽得懂官方話的人並不多，若沒有本地人當翻譯，那個老頭又怎麼知道上川壽明要找的是哪個洞？幫上川壽明的人，究竟是誰？

他低聲要程順生問那個老頭：「你問他是誰帶日本人去他家的？」

不料這話一出口，只聽得一聲悶哼，站在上川壽明身邊那老頭，軟軟地倒在地上，手上的火把到了上川壽明的手中。

上川壽明說道：「苗教授，對於那些沒有了利用價值而又對我有威脅的人，最好的辦法就是讓他永遠不能說話，你說對吧？」

苗君儒冷冷道：「過河拆橋，是你們日本人最慣用的手段！」

「是跟你們中國人學的！」上川壽明說道：「我們日本的很多東西，包括武術和玄學，都來自你們中國！」

苗君儒說道：「你既然是玄學大師，而且算得那麼精準，那你算算看，你們這次的行動會成功嗎？」

上川壽明發出一陣大笑，說道：「雖然很多事情謀事在人，成事在天，但從玄學的角度來說，是可以扭轉的！」

苗君儒笑道：「那就是逆天而行，你認為上天會給你們什麼樣的懲罰？」

程順生低聲說道：「苗教授，跟他囉嗦什麼，趁著他們的人在外面，把他殺掉算了，然後我們衝出去，拚個魚死網破！」

苗君儒低聲回答道：「如果事情真的那麼簡單就好了，你也不仔細想一想，他們是怎麼找到那個帶路人的？」

程順生驚道：「你的意思是，我們縣裏有人幫他們？」

苗君儒低聲反問道：「還能有別的解釋嗎？」

程順生想了想說道：「也是！聽說縣警察局的局長羅中明帶人找了他們那麼多天，一點蹤跡都沒有，若沒有本縣人幫忙，他們怎能不被人知道行蹤呢？」

苗君儒說道：「一個小小的婺源，都有人在幫他們，那整個中國呢？日本人可恨，可那些幫日本人的漢奸更可恨！」

程順生低聲說道：「那你說，我們現在怎麼辦？」

苗君儒說道：「帶他下去！你在上山來的路上問了福伯很多話，他應該告訴你進洞後怎麼走了吧？」

程順生低聲說道：「福伯說這個洞上下有七層，龍池在最底層，越往下地勢越險，以前裏面還摔死過人。」

苗君儒說道：「那就麻煩你在前面帶路，我們跟著你，小心點！」

程順生點了點頭，把槍別在腰間，舉著火把順著台階向下面走去。在洞底的深處，隱隱傳來龍吟之聲。

孽龍洞並不像一些古墓或暗道那樣，有很多隨時要人命的機關。坡度很緩，但地面很滑，每個人都走得很小心。從第一層到第五層，足足走了三四個小時，越往下，地勢越陡越險，景觀也越多越奇。走第六層的時候，每個人的身體緊貼著岩壁，在地上爬行，一側是陡峭的岩壁，一側是深不見底的地下岩溝，稍微有不慎，便有粉身碎骨之虞。

從岩溝中不斷冒出陣陣霧氣，隱隱有一絲腥味。苗君儒試探著丟了一個石頭下去，很久都聽不到回音，不知道這岩溝到底有多深！

就這麼一步一步地爬，爬了約莫一個小時，手腳都有些麻痹了，才見最前面的程順生站起身來，對身後的人說道：「再往下就是第七層了！聽福伯說，這一層是被何半仙做了法的！進不去！」

眼前又是一個洞口，洞口成不規則的圓形，被幾塊木板封住，木板的上方掛著一面八卦鏡，八卦鏡的下面有一件橘黃色的道士袍，道士袍的兩邊，各貼著一些道家的鎮妖符。

這些東西應該是何半仙留下的，有幾十年了，那幾塊木板雖然有些腐爛的痕跡，可那道袍和鎮妖符，卻像剛貼上去的一樣，尤其是那鎮妖符上的朱砂，仍那麼紅，那麼刺眼！

程順生往前走了幾步，在距離那洞口兩米多遠的地方，碰到一堵無形的牆壁，任他怎麼用力，都無法走近洞口半步。

上川壽明說道：「這是一個得道之人布下的氣陣，苗教授，你也是博學之士，應該知道什麼是道家的氣牆吧？」

苗君儒說道：「道家的氣牆是以道家內功真氣形成的牆壁，可是我們面前連個道士都沒有，怎麼形成氣牆呢？」

他豈非不知何半仙是如何布下這道氣牆的？且不說他身體內有郭陰陽留給他的意識，就憑他對道家的認識，也知道是怎麼回事。只是在上川壽明的面前，他不想暴露自己的實力。

上川壽明說道：「苗教授，你有多少本事我可清楚，你在重慶的時候，沒有人教你怎麼做嗎？」

苗君儒微微一驚，想不到上川壽明說出這樣的話，莫非重慶那邊發生的事情，上川壽明都一清二楚？上川壽明和那個白髮老者之間，一定保持著某種聯繫。他當下問道：「他是誰？」

他指的自然是那個白髮老者。

上川壽明笑道：「你為什麼不直接問他？」

苗君儒說道：「如果他說了的話，還用得著問你嗎？」

上川壽明笑道：「既然這樣，我也不能告訴你，也許到時候你就會知道他是誰！你現在要做的，就是破開這道氣牆！你是中國最頂尖的考古學者，這活著的遠古神物，只怕你沒有見過！」

卡特說道：「龍是中國的象徵，我也想見識一下活著的中國龍！」

苗君儒看了他們兩個人一眼，從衣內緩緩拿出郭陰陽送給他的陰沉木八卦來，成三十度角對著前方。驀地，從陰沉木八卦中心的陰陽魚上射出一道金光，照向木板上方的八卦鏡。光影中，出現了一個穿清代服飾的老人。

一個蒼老而渾厚的聲音從洞底傳來：「我何半仙自認略通陰陽，洞悉玄機，化身之際留下那首童謠告誡世人，可惜世人愚鈍，沒有幾個人能領悟其中的奧秘……道友把他的法力傳給你，不是讓你來破解我這玄門氣牆的……倭人想破我中華龍脈，必定要找到御封龍印，借助神龍之力找到龍葬之地……」

苗君儒問道：「敢問先生，什麼是御封龍印？」

陰沉木八卦上射出的金光消失了，那個穿清代服飾的老人也失去了蹤影。幾個人都沒有說話，洞內安靜得可以聽到彼此的呼吸聲。

過了好一會兒，苗君儒才說道：「上川先生，不是我不想打開這道氣牆，剛才的話你也聽到了，你們要想找到龍脈，首先就要找到那顆御封龍印……」

說到這裏，他突然想到一個人，一個與御封龍印有關的人來。

第八章

千年古村的秘密

小屋子的門平常都關著，充滿了神秘和神聖的色彩，
有族人偷偷進去過，可當走出來時，只有一臉的失望。
屋子裏除了一張古老的太師椅外，並沒有別的東西，
連喝水的杯子都沒有。
小屋子裏的秘密，也只有歷代族長才知道。

座落在群山環繞之中的考水村，是何年何月建村的，已無從稽考。但據村內老人說，三國的時候，村裏出了一個胡姓武夫，跟著周瑜打天下，火燒赤壁的時候立下戰功，官封右將軍。周瑜死後，魯肅掌權，開始排除異己，大肆打擊原來周瑜寵愛的將領。胡將軍不想弄個抄家滅族的下場，只得激流勇退告老還鄉，吳主孫權念其對吳國有功，特加封其為明德侯，食俸五千石，胡將軍堅持不受，吳主感其德，賜其為明德公，並在村口立下三道牌坊以彰其功績。吳國滅亡後，魏軍毀掉村口牌坊，盡屠該村，只留下兩個潘姓的小兒。

從三國到唐末，這數百年時間裏，考水村一直人丁凋零，再也沒有出過什麼像胡將軍那樣的人物。樸實而勤勞的村民，守著那幾畝薄田，過著日出而作日落而息的古老生活模式，直到有那麼一天，一個逃難的男人帶著一個孩子來到這裏。

那個男人就是考水族譜上的胡三公，而那個小孩，自然就是考水胡姓人的始祖明經公胡昌翼。

自胡昌翼來後，考水村的胡姓人口逐漸繁衍，之後便成了村內的大姓，而考水村，也以胡姓為主。

當年明經公胡昌翼死後，其墳墓為八卦形狀，並暗藏玄機。胡姓族人的每一任族長，在通過族裏的儀式正式成為族長後，就會被老族長叫到祠堂的一間小屋子裏。

沒有人知道他們兩個在裏面做什麼。

那間小屋子的門平常都是關著的，充滿了神秘和神聖的色彩，有族人帶著疑問和稀奇偷偷進去過，可當他們走出來時，只有一臉的失望。屋子裏除了一張古老的太師椅外，並沒有別的東西，連喝水的杯子都沒有。

小屋子裏的秘密，也只有歷代族長才知道。

胡德謙是族長，他當然知道。所以他得知日本人進攻婺源的消息後，就有了一種不祥的預感，想起上任族長告訴他的秘密，便連忙找了幾個胡姓的後生，要他們到村子後面的瑪瑙峰上，看著那塊虎形石。如果虎眼流血，村子便有大禍降臨。

聽了那後生的話之後，胡德謙的臉色頓時變了。近千年來，考水村的每一任族長都嚴守著那個秘密，每當有大事降臨，都會派人上山去看那塊虎形石。

這上千年來的風風雨雨，無論是朝代更替，還是外夷入侵，或是匪患橫行，瑪瑙峰上的那塊虎形石，也都很平靜，並沒有半點異象。可是現在，卻驗證了祖宗流傳下來的那四句話。

其實那四句話只有十六個字，是那個當年替明經公胡昌翼看風水的堪輿先生何令通留下的。

當年胡昌翼從義父胡清那裏知道了自己的身世後，儘管發誓永不出仕，只安心在考水村開館教書，可他畢竟是大唐皇室後裔，那顆時刻想復興李唐江山的雄心，令他一生激憤不已。無奈時過境遷，大宋朝廷基業穩固，復興李唐江山無疑癡心妄想。可他不甘心就這樣默默無聞地死去，他沒有完成的復國大業，也許他的子孫可以完成。

晚年的時候，他不顧大兒子胡延政的勸阻，不遠千里去了一趟河北隆慶（今邢台市隆堯縣），找到了大唐開國皇帝李淵第四代祖宣皇帝李熙的「建初陵」，還有第三代祖光皇帝李天賜的「啟運陵」。他跪在祖宗的墳前，望著那枯草中的殘垣斷壁，還有那一具具破殘的陵墓石刻，他痛哭失聲，久久不起。

他心中那份悲哀與激憤，有誰能夠理解？

最終，他回到了現實之中，站裏颯颯西風之中，眺望著陵墓後方那巍峨起伏的堯山，還有前面的那條河，依山面水，視野開闊，氣勢磅礴，不虧是大唐祖陵。

在當地逗留的那段時間裏，他聽到當地小孩唱的一首童謠：堯山堯山，順應大唐，兩兩相對，事不過三。

這首童謠在當地傳唱了幾百年，大唐立國之前就有了。從唐高祖李淵到昭宣帝被朱溫所殺為止，大唐江山共出了廿二個皇帝，正是兩兩之數，前後歷二九〇年，沒有超過三百年。冥冥之中天數已定，非人力所能為。

回到考水後，胡昌翼一病不起，他深知自己來日無多。在河北隆慶的那段時間裏，他想了很多，既然祖陵能夠庇佑大唐廿二個皇帝，他為什麼不能庇佑他的子孫，有朝一日恢復李唐江山呢？

胡昌翼平素喜交縣內文人隱士，尤其與住在江灣靈山（今婺源縣江灣鎮）的何令通交往深厚。何令通曾是南唐國師，因得罪南唐皇帝遭貶，於是來到婺源隱居。他精通周易八卦，畢生研究風水堪輿之術，所著之《鐵彈子》、《靈城精義》等風水堪輿書，為後代風水師所推崇。

兩人平日見面，除飲茶喝酒外，大多談論一些風水地理方面的話題。何令通對婺源地理山貌瞭若指掌，說婺源群山環繞，可成龍脈，只可惜山勢太雄，地勢太薄，只可成形而不可成氣，若想成氣，必定離宗。換句話說，依婺源本地的風水，難出大人物，但婺源有龍蛋之形，若要想出大人物，其子孫必須遷出，在外地生活繁衍。

胡昌翼的大兒子胡延政在安徽那邊做官，並在那裏安家定居，正應了何令通說的離宗之意。他叫小兒子胡延臻請來了何令通，說有要事相告。在病榻前，他向何令通說出了自己的身世，並拿出了昭宗皇帝寫的血詔書和傳國玉璽。

這一下，連何令通都驚呆了，他想不到交往多年的好友竟是李唐昭宗皇帝的皇子。在這種時候把他叫來，並告訴了他這麼大的秘密，一定是有事要他幫忙。他看著擺在面前的血詔書和傳國玉璽，說道：「胡公所托，弟安敢不盡力為之，天大之事，但說無妨！」

聽了這話，胡昌翼那失去血色的臉上出現了一抹潮紅，他強撐著一口氣說道：「……天數如此……昌翼枉為李姓皇子……痛惜無力復國……與公交往甚久……深知公乃奇士……昌翼不敢忘祖……然義父之養育之恩無以為報……後世子孫皆為胡姓……只……只……公所言龍脈……龍脈……可保昌翼子孫……否……」

他臉上的紅潮已漸漸退去，氣若遊絲，嘴巴微微張著，再也說不出一個字，但他的眼睛瞪得很大，滿含著不屈與期望。

何令通知道胡昌翼最後那些話中的意思，沉聲道：「胡公之意弟已悉之，此村有一鳳形之地，後靠龍形脈象之山，加之此村風水甚佳，又有文峰相應，後世當出文人。」他見胡昌翼的眼睛仍倔強地睜開著，便接著說道：「弟當以玄天八卦之術，護佑胡公陰靈以庇子孫，當如何？」

不料胡昌翼的眼睛乃不閉上，何令通繼續說道：「胡姓子孫李唐脈，胡公若想復國，弟定當盡力，但千年之內難有定數……」

說到這裏，胡昌翼的眼睛慢慢閉上了。

辦完胡昌翼的後事，何令通對胡延臻交代了一番：時下大宋皇帝對前朝皇室族人趕盡殺絕，無非是恐其東山再起，禍及大宋根基。胡公生前已經立下誓言，後世子孫永不改姓，這是件好事，可避過大宋朝廷之耳目，保族人安危，更可保住血詔書和傳國玉璽。但胡公之意，要讓後世子孫知道自己的祖宗淵源，這並不難，可在祖訓中予以口代代相傳，切不可寫於族譜之上，以免遭來橫禍。

何令通臨走的時候，留下了內藏玄機的十六個字：虎目流血、爾玉龍生、田上草長、甲子出川。

自這以後，考水村胡氏子孫一直嚴守著祖宗的秘密，不敢把自己是大唐皇室遺脈的身分告訴外人。至於那十六個字，也只有族長才知道。

新族長繼任之時進入那間小屋子，除了知道這十六個字外，還有一件事，那就是昭宗皇帝寫的血詔書和傳國玉璽的下落，那是證明胡氏子孫是大唐皇族後裔的有力證據。

明朝萬曆年間，一任族長陪著風水先生爬上村後的瑪瑙峰，想替自己尋找一個風水寶穴，結果發現了峰頂的一塊岩石，像極了一隻俯臥在樹叢中的老虎，尤其那雙虎眼更是傳神。他用手摸著虎頭，想起上任族長告訴他的那十六個字，其中虎眼那兩個字，莫非指的就是這隻老虎？

風水先生拿出羅盤，前後看了看，驚道：「難怪你們村裏出了那麼多進士與舉人，你看這裏有虎形石鎮山，前面文峰佇立，環村溪水就如一條青龍，背山面河抱水，青龍白虎，形成虎踞龍盤之勢，加上你祖宗所葬的鳳形山，是上好的『四神寶地』，必出聖人！」

虎形石下不宜葬人，以免人入虎口之嫌，給後代子孫帶來無妄之災。那任族長死後，選在別處葬了。但從那以後，接替的族長都會從老族長那裏得到一句話：遇有大事必觀山上虎形石。

民國三十四年三月十二日黎明時分。

婺源考水村胡氏宗祠。

胡德謙聽了那後生的話之後，再次問道：「你真的看到了！」

那後生舉起右手，手上滿是血跡，他哭道：「我們三個人在那裏看守著虎形石，半夜的時候聽到嶺腳那邊傳來打槍的聲音，我們以為下面出了什麼事，可也不敢下去看，我們守在那裏……後來……後來出現了幾個人……他們殺了他們……那血……那血就……」

這後生的話說得結結巴巴的，顯然被嚇糊塗了，說到後面，居然一下子暈了過去。

胡德謙要人馬上把這後生抬走，對胡福源說道：「你馬上帶幾個人上山去看看！」

胡福源點了點頭，背上槍，叫上好朋友胡福旺，另外再叫上幾個人，轉身走了。

胡宣林說道：「德謙，你是一族之長，全村老少可都看著你呢，都什麼時候了，族裏歷代族長之間，到底有什麼秘密？我們幾個老不死的，都想知道你為什麼那麼做？」

另幾個老人也齊聲附和。胡德謙看了看大家，緩緩地把那十六個字說了出來，接著說道：「這十六個字到底有什麼玄機，我也不知道，不過裏面虎目流血這四個字，相信大家都知道什麼意思了！」

胡宣林說道：「這虎目流血之後，會發生什麼事呢？」

胡德謙大聲道：「這上千年來，虎目從來沒有流過血，為什麼偏偏在日本人進攻婺源的時候，我懷疑不是什麼好事，還是有點準備的好！」

胡宣林把胡德謙拉到一邊，低聲說道：「我看等天亮後，把上下幾個村的年輕人集中起來，保住我祖宗的八卦墳要緊！」

胡德謙低聲說道：「叔公，我自有分寸！」

胡宣林接著說道：「也許日本人是衝著我們祖宗的那些東西來的，要不我們把東西另外找地方藏起來，你看怎麼樣？」

胡德謙微微一愣，低聲說道：「叔公，你……」

族內的那些秘密雖由族長代代相傳，外人不得而知，可當上一任族長要將秘密傳給下一任族長，而下一任族長卻不是自己的至親骨肉時，難免會滋生異心。胡宣林的祖上，在清朝嘉慶年間當過一任族長，雖然將秘密告訴了下一任族長，卻也將血詔書和傳國玉璽的秘密告訴了自己的兒子。於是，胡宣林這一支胡姓中的每一代，總有一個人知道血詔書和傳國玉璽的秘密。

胡宣林低聲說道：「德謙呀，你看我這一房人，從嘉慶年間開始就一直人丁不旺，更別說出過什麼人了。我也知是祖宗怪罪，沒辦法，誰叫我的祖上有違祖德呢？你放心，那秘密就到我這一輩為止，我會帶入棺材的。今天若不是情勢緊急，我也不會說出來！」

胡德謙低聲說道：「叔公，當年那風水先生建八卦墳的時候，就把東西藏了！至於藏在哪裏，誰都不知道。我也想過那些東西可能在八卦墳內，你總不能讓我自己去挖祖墳吧？」

胡宣林低聲說道：「祖墳是千萬不能挖的。我聽說當年那風水先生不是在宗譜上寫下一首詩，還留下一張紙，是事關那些東西下落的？」

胡德謙微微一笑，低聲說道：「叔公，你既然知道有那些東西，不可能不知道那首詩吧？」

胡宣林有些不好意思地說道：「原先我祖上也想知道那些東西的下落，還抄了下來，找了好幾個風水先生看，可人家都說看不懂。那頁紙傳到我這一代，字跡早就看不清了，再說就是能夠看清，也認不得那上面的字呀！還有那首詩，夾七夾八的，誰看得懂？」

胡德謙低聲說道：「叔公，我早就找人看過那張紙，可沒有人認得那上面的字！我聽說北大有一個考古學教授很厲害，本來想去找他的，可現在到處都在打仗，沒辦法去找呀！半年前我給他寫了一封信，至今沒有回音！」

旁邊的人見他們兩人低聲嘀咕，也聽不清他們在說些什麼，都以為他們是在商量事情。

沒一會兒，就見方才跟胡福源一同離開的胡福旺，神色慌張地跑了進來，哭道：「德謙叔，有人……有人要你一個人去見他，否則……否則福源哥就沒命了！」

胡德謙聽了之後大驚，他估計到要出事，只是沒有想到會來得這麼快！

卻說胡福源帶著好朋友胡福旺和村裏的幾個後生，離開祠堂後，踏著村邊石板小路上的積雪往東走，只要過了村東頭的維新橋，沿著嶺腳的一條山道，就可以直接到達瑪瑙峰頂的虎形石了！

出了村，走不了多遠，雪就停了，天邊開始現出一縷晨曦。走在最前面的胡福旺隱約看到維新橋的橋頭上有幾個人影晃動，忙大聲問道：「是誰在那裏？」

這種時候，村裏的青壯年都集中在祠堂那邊，村東橋頭這邊是沒有人的。橋頭的人影聽到胡福旺的聲音後，立即躲進了橋廊裏。

胡福源警覺起來，拔出了腰間的盒子槍，低聲說道：「怕是縣裏要找的日本人，我爸過嶺的時候也差點遇到！」

胡福旺問道：「福源哥，你說怎麼辦？要不我馬上回去告訴德謙叔，讓他多叫點人過來？」

胡福源朝橋廊那邊看了看，說道：「不急，我看橋廊裏的人不多。我爸老說我沒本事，今天我就本事一次給他看，抓兩個日本人！」

胡福旺擔心道：「我聽縣裏一個在上海那邊打過戰的人說，日本人不好對付的，槍法打得很準，相距一里多地，抬手一槍就把人放倒了。當兵的躲在挖好的壕溝裏，連頭都不敢抬，一抬頭命就沒有了。那個人還……」

胡福源火了，踢了胡福旺一腳：「你胡說什麼，我們這裏到橋廊那裏，也不過半里地，照你這麼說的話，你還有命活呀？現在日本人打婺源，也不見得有多麼厲害，打了這麼多天都沒打進來呢……」

正說著，橋廊內走出一個人來，大聲朝這邊叫道：「你們是考水村的嗎？我們是縣裏來的！」

一聽是縣裏來的，說的是本地話，胡福源放下心來，快步走上前說道：「我爸叫胡德謙，是縣商會的會長，他昨晚剛從縣裏回來，今天正要派人去縣裏報告，山嶺那邊可能有日本人！」

那人說道：「原來是胡會長的兒子，都是自己人，我和你爸前天還在一起喝酒呢！」

胡福源走近橋廊，看清那個人的樣子，穿著一身灰布棉衣，頭上戴著圓頂棉帽，像個保長。其他幾個人躲在橋廊的陰暗處，全身用衣服緊裹著，看得不是很清楚。便說道：「這雪好大，天氣怪冷的，你們從縣裏來，一定累了吧？我叫人帶你們去村裏，先烤烤火暖和一下！你們怎麼才來這幾個人？」

那人說道：「我們幾個是下來看情況的，羅局長他們忙，再說縣裏的人都去打日本人了，哪裏還有什麼人？」

胡福源說道：「是呀，是呀！聽說保安團和駐守在縣裏的正規部隊都打光了，我爸正要召集上下幾個村的壯丁，要我帶著趕去太白那邊救援呢！聽說那邊頂不住了，日本人來了坦克和大炮……」

他的話還沒有說完，頓覺眼前有什麼東西一閃，隨即脖子一涼，一把刀就架在他的脖子上，當即大驚失色，握槍的手還未抬起，就被人死死抓住。他身後的幾個人剛要反抗，只見橋廊頂上跳下幾個穿著緊身黑衣的日本忍者來，刀光閃了幾閃。那幾個人還未進一步做出反應，就已經撲倒在地。鮮血順著橋廊的台階流到雪地裏，瞬間滲了進去。

胡福旺當時腳下一滑，身體傾斜，正好避過砍向他的那一刀。那日本人見一

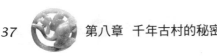

刀落空，正要作勢補上一刀。他嚇得癱軟在地上，連連哀求道：「不要殺我，不要殺我！」

那個人用日語叫道：「留著他，我們有用！」

那幾個忍者收起刀，迅速退到一旁。

胡福源望著那個人說道：「你到底是什麼人，怎麼會說日本話？」

那個人笑道：「我是什麼人並不重要，重要的是我知道了你是什麼人！你帶著這幾個人想去做什麼？」

胡福源對那人怒目而視，並不回答。

那人剛把眼光轉向胡福旺，就聽胡福旺說道：「我們……我是上山去看虎形石的！」

那人問道：「上山去看虎形石？什麼意思？」

胡福旺說道：「是我們村裏的秘密，說虎形石的眼睛流血，就會出大事！」

那人說道：「你回去告訴胡會長，要他一個人來見我們，如果多一個人，我立刻殺了他！」

胡福源叫道：「不要相信他們的話，你回去……」

他的脖子被人一把捏住，頓時說不出話來。

胡福旺朝那人連連點頭：「你們……你們不要殺他，我……我馬上……馬上叫德謙叔來……」

說完後，連滾帶爬地跑了。

那人望著胡福旺的背影，露出一抹難得的微笑，轉身對胡福源說道：「胡會長是縣裏響噹噹的人物，他的話連縣長都不敢不聽，有你在我們手裏，事情就好辦得多了！」

胡福源手裏的槍已經被人奪走，他看了看橋廊裏的這些人，說道：「你們想怎麼樣？」

那人說道：「我們想怎麼樣，等胡會長來，你就知道了！」

沒過多久，村東頭的石板路上出現了兩個人影，等他們走近了些，胡福源認出走在前面的正是他的父親胡德謙，忙大聲吼道：「爸，爸，不要過來！不要過來！」

胡德謙並未停步，腳步顯得異常的穩健，他身後的胡福旺倒是猶豫了一下，與他隔開一段距離，慢慢在後面走著。

到了維新橋，胡德謙沿著台階慢慢走了上去。這座橋很久之前就有了，以前叫寸金橋，後來幾次漲大水都被沖垮。清朝戊戌年間，他父親出資重修，為了紀念變法運動，起名為維新橋。後來變法失敗，六君子灑血菜市口。婺源縣令要他父親把這座橋更名，於是他父親把維新橋三個字中間的「新」字改成了「興」，前後這兩個字在官方話裏的讀音一樣，但是婺源本地話明顯不同，縣令無話可說，只得作罷。民國初年，他父親復又將「新」字改回，並題了一塊匾額掛在橋廊上。

那個人從橋廊內走了出來，拱手說道：「胡會長，你好！」

「你……」胡德謙看著面前這個人，似乎在哪裏見過，只是想不起對方的名字。

那人說道：「胡會長這樣的大人物，怎麼會認得我呢？」

胡德謙看著被人控制住的兒子，對那人說道：「想不到我們婺源人，也出了你這樣的漢奸！」

那人說道：「你說錯了，我不是你們中國人，我的真名叫竹中直人，在你們縣城的小東門外經營一個雜貨鋪，算起來，我已經在這裏生活十幾年了！」

胡德謙冷笑道：「想不到你一個日本人，婺源話說得很道地。我不管你是人還是鬼，你叫我來，究竟有什麼事？」

竹中直人說道：「想向你借一樣東西！」

胡德謙環視了一下橋廊裏的人，說道：「你想要什麼東西？」

竹中直人回頭朝一個用白布蒙著頭和臉的人嘰哩咕嚕的說了一通日本話，接著對胡德謙說道：「是你們中國的傳國玉璽！」

胡德謙大驚，這個秘密連族裏的人都不知道，這些日本人是怎麼知道的？

那個蒙面人上前用流利的中國話說道：「我知道那個東西很珍貴，所以我答應你，只要你想要什麼代價，我們都滿足你！怎麼樣？」

胡德謙緩緩說道：「我不知道你說什麼，什麼傳國玉璽，那是皇帝用的東西，我一個山野小民，怎麼會有那些東西呢？你太會開玩笑了！」

蒙面人說道：「胡會長，我不是開玩笑。中國那麼多人，我為什麼單獨找你呢？你祖上其實不應該姓胡，而是姓李，我說的沒錯吧！還有，你寫信給北大的苗教授，就是想叫他幫忙解開你們宗族的秘密，對吧？他現在就在婺源，很快會來找你的。」

胡德謙望著那蒙面人，說道：「你還知道什麼？」

蒙面人說道：「我知道的事情太多，完全出乎你的意料之外，你可別對我耍詐！」

胡德謙冷笑道：「你到底是什麼人，為什麼不敢讓我看清你的真面目！」

蒙面人說道：「現在還不到時候，到時候，我會讓你知道的！」

胡德謙看了一下身後的考水村，說道：「現在我村子裏有好幾百人，你們就這幾個人，想贏我的話，恐怕……」

竹中直人說道：「我們來找你，就根本沒有把你村子裏的人放在眼裏。你別忘了，婺源縣的四個方向，正遭到我們大日本帝國軍隊的進攻，你們的人馬上就要打光了！而週邊所謂的國民黨軍隊，根本遲遲不動，你知道為什麼嗎？」

胡德謙說道：「為什麼？」

竹中直人說道：「因為有一個很重要的人質在我們的手裏，中國有句老話，叫投鼠忌器，我相信你很清楚！」

他接著說道：「給你一天的時間，明天這個時候，還是在這座橋上，帶著那枚傳國玉璽來換人。」

胡德謙問道：「如果我不答應呢？」

竹中直人說道：「那死的就不止你一個人了！」

胡德謙說道：「我寧願賠上全村人的性命，也不會把東西給你！」

竹中直人的手上出現一只手錶，說道：「把這個拿去給你們縣長看，他會教你怎麼做的！」

胡德謙接過那只手錶，見那幾個人挾持著胡福源向橋那邊退去。

胡福源被人拽著往前走，回頭叫道：「爸……爸……救我……救我……」

那聲音在橋廊內久久迴盪，胡德謙望著前面，直到那幾個人的身影消失在山腳，他的目光堅定起來，望了一下橋頭台階下的幾具屍體，對站在不遠處的胡福旺叫道：「找兩個人把他們埋了，就說是遇上了土匪！」

胡福旺吶吶地問道：「德謙叔，那福源哥怎麼辦？」

胡德謙的臉色鐵青，目光駭人，吼道：「照我說的做！若別人問起，就說他去縣裏有事了！」

他看了一眼身後的瑪瑙峰，出現了這樣的情況，去看不看都沒有意義了，為今之際，就是儘快想辦法，他說道：「馬上去給我準備馬，我要去縣裏！這件事對誰都不能說，否則我扒了你的皮！」

婺源縣政府，縣長辦公室。

汪召泉神色疲憊地坐在椅子上，左手撐著頭，右手拿著一份電報。

這份電報是重慶那邊直接發來的，剛剛收到：鑒於婺源縣的特殊情況，已電令第一、第三戰區的部隊暫緩行動，劉勇國少校即日到你處商議營救事宜，機密，不得外洩。

劉師爺端了一杯熱茶，放在汪召泉旁邊的茶几上，低聲說道：「縣長，不知道那劉上校什麼時候到！」

汪召泉有氣無力地問道：「劉師爺，你說怎麼辦？我原先還指望第一和第三戰區派來的軍隊救我們，現在好了，不但救不了我們，還要我們去救他！」

劉師爺撚了撚頷下的山羊鬍，低聲說道：「這事真的不好辦，弄不好那是要掉腦袋的！」

汪召泉說道：「萬一不行的話，這個縣長就不當了，逃到重慶去！」

劉師爺思索了一下，說道：「逃不是辦法，等劉上校來了之後，看他怎麼說。」

汪召泉點了點頭，把電報丟到面前的爐火中燒了，喝了一口茶，神色越發凝重起來。

劉師爺接著說道：「我已經安排妥當了，等保安團的人回來，我們就立馬撤到清華鎮去，聽說正規部隊都打光了，團長和幾個營長都死了，現在就兩個連長在指揮的，估計也差不多了。他們是正規部隊，不歸我們管。」

汪召泉歎了一口氣，說道：「保安團一撤回來，單靠民團是擋不住日本人的！」

劉師爺說道：「也管不了那麼多，老蔣有幾百萬軍隊，還不一樣從南京逃到重慶去了？」

汪召泉苦笑道：「他是他，別人就不同了，自抗戰以來，對於那些抗戰不利的人，還是殺掉了不少，連山東王韓復榘那樣的大官都不能倖免，唉，難呀！難呀！」

劉師爺說道：「縣長你別擔心，再難的問題，也有解決的辦法！」

汪召泉急道：「劉師爺，那你倒給我想個辦法呀！不然我要你做什麼？」

劉師爺說道：「那是，那是，我這不在想嗎？你先喝茶，喝茶！」

汪召泉剛喝了幾口茶，就見文書進來道：「汪縣長，胡會長來了，說有急事要見你！」

汪召泉低聲道：「這個老傢伙不是昨天晚上才走嗎？現在來找我做什麼？我……」

他的話還沒有說完，就見胡德謙從外面衝了進來，手裏拿著一樣東西，心急火燎地說道：「汪縣長，日本人都到考水村了！」

汪召泉嚇得從椅子上跳起來，手裏的茶杯差點掉在地上，著急問道：「怎麼這麼快，不是還在打嗎？」

胡德謙說道：「不是外面的那些日本人，是羅局長要找的那些日本人！」

汪召泉說道：「那馬上派人通知羅局長帶人去抓！」

胡德謙的臉色一變，說道：「使不得，使不得，你看這個！」

他手上的東西是一只手錶。

汪召泉一見胡德謙的臉色，忙揮手示意文書出去，他把那只手錶拿過來，見是全金屬外殼，周邊還鍍了金，背面有一些字。他念過幾年洋文，自信和美國佬還能對上幾句話，可這上面的文字他一個字都認不得。

胡德謙低聲說道：「原來小東門外一個雜貨店的老闆是日本人，在這裏有十幾年了，婺源話說得比誰都好，把我們的情況也摸得一清二楚。這手錶是他給我的，說你看了就知道怎麼做。」

汪召泉仍在看手上的手錶，但是他的臉色漸漸變了，他認出手錶背面的文字是俄文，這年頭，什麼人會有極為稀罕的蘇聯手錶呢？

他抬頭對劉師爺說道：「這一定是他戴的，日本人是想告訴我，要我不要輕舉妄動！」

胡德謙問道：「還有誰在他們的手裏？」

汪召泉說道：「這個你就不要問了，反正我們按日本人說的去做就行，日本人還提出什麼要求沒有？」

胡德謙說道：「他們要我祖上留下來的一樣東西！」

汪召泉說道：「不就是一件東西嗎？那你給他們就是，值多少錢我們縣裏給你就是！」

胡德謙望著汪召泉，過了好一會兒才說道：「可是那件東西連我都不知道放在哪裏，怎麼給他們，再說我兒子也在他們手上呢！」

汪召泉問道：「日本人還提其他什麼要求沒有？」

胡德謙搖了搖頭，坐在旁邊的椅子上，這麼大年紀的人，昨天晚上折騰一夜，現在又騎馬趕來縣裏，可把他累壞了。

汪召泉說道：「胡會長，我知道你是一個明事理的人，我可把話告訴你，千萬不要把日本人惹急了，否則……」

胡德謙皺眉道：「汪縣長，我看你不像是一個怕日本人的人呀，怎麼說出這種話來？」

汪召泉說道：「我不是怕日本人，我是怕上面，明白嗎？日本人叫你送這只手錶給我，擺明就是告訴我，隨時都可以要那個人的命。萬一那個人有什麼意外，我汪召泉就是有十條命，都不夠被槍斃的！」

聽了這話，胡德謙明白過來，原來有一個很重要的人物在日本人的手裏，他問道：「汪縣長，你看怎麼辦？」

劉師爺說道：「胡會長，當務之急就是儘快找到日本人想要的東西，把那個人給換回來，其他的什麼都好說！」

胡德謙沉思了片刻，說道：「其實那樣東西我也在找，祖上留下來幾句詩，到現在已經上千年了，誰都解不開，前陣子我寫信到重慶去找一個姓苗的教授，至今沒有回信，可是日本人說，他就在婺源！」

汪召泉說道：「既然苗教授在婺源，那就趕快把他找來呀！」

胡德謙為難道：「現在婺源這麼亂，我去哪裏找，再說就是找到他，也不見得馬上就能夠解開那首詩，順利找到東西呀！日本人只給了我一天的時間，明天早上就要給他們！」

汪召泉罵道：「這些日本人也太欺人了，要不是有人在他們手裏，我親自帶人去，把所有日本人碎屍萬段！」

胡德謙說道：「現在不是說氣話的時候，得想辦法！」

劉師爺說道：「我正在想辦法呢！既然你說苗教授在婺源，那就命羅局長派人儘快找到他，要他幫忙找到日本人想要的東西。」

汪召泉問道：「胡會長，民團組織得怎麼樣了？」

胡德謙回答道：「正在組織，鄉公所也在積極組織，用不了兩天就應該可以拉上去！」

劉師爺說道：「縣裏正打算撤到清華去，把保安團也撤回來！」

胡德謙驚道：「聽說正規部隊都打光了，現在就剩下保安團和民團的人在苦苦支撐，你們把保安團撤回來，單靠民團的那點破槍，能擋得住嗎？」

劉師爺看了看汪召泉的臉色，對胡德謙說道：「胡會長，對你說句實話吧！原來打算從後面包抄日本人那十幾個師的國軍，現在也不敢亂動。保安團再打下去也要打光，汪縣長打算學共產黨遊擊隊的樣子，和日本人打遊擊！不管怎麼樣，都要保住縣裏的實力。除了民團之外，不是還有遊擊隊嗎？」

胡德謙張了張口，說不出一個字，他沒想到事情變得這麼糟糕。利用婺源的有利地形，在山裏和日本人打遊擊，未嘗不是好辦法。可那樣一來，日本人長驅直入，婺源的老百姓要遭殃了。

他神情恍惚地走出了縣政府，來到大街上，感覺來往的人一個個神色慌張，背著包袱拖家帶口，正往西門外趕。也許老百姓早已經得到了消息，正要離開縣城，到鄉下去躲一躲。

自日本人侵華以來，無論戰火燒得多麼猛烈，處在深山之中的婺源縣，一直都顯得很平靜。一九四二年的時候，日本人從浙江開化那邊進攻，但沒打進婺源就撤走了，只有日本人的飛機在縣城裏扔了一通炸彈，炸死了幾十個人。這一次日本人從四個方向同時進攻，天空中居然沒有飛機。兩個月前，他大兒子從上海來信，說日本人在太平洋被美國人打得一塌糊塗，中國遠征軍在緬甸也是節節勝利。想必日本人的氣數已盡，快不行了！

游勇慶牽著馬跟在胡德謙的身後，低聲問道：「胡老爺，我們回去嗎？」

胡德謙回過神來，說道：「走，我們去小東門看看！」

兩人來到小東門，見好幾家商鋪都關門了，只有一兩家包子店還開著門，但生意卻很冷清，店裏根本沒兩個人。

胡德謙進到店裏問老闆：「這小東門外有一家賣雜貨的鋪面，老闆大約五十多歲，臉很長，有點鷹鉤鼻……」

他還未說完，包子店老闆就說道：「你是說老萬吧，他的店就在前面第三家，聽說是外地來的，在這裏做生意都做了十幾年了，前些天好像有事回去了，你看，把店子都關了呢！」

胡德謙問道：「他的家小呢？」

包子店老闆說道：「我在這裏做生意也有好幾年了，平常都見他一個人，沒見過什麼家小，聽說他老婆孩子都在老家。不過他在縣裏好像有個相好的女人！」

胡德謙問道：「哦，他那相好的女人住在哪裏？」

包子店老闆笑道：「這種事情怎麼好意思去打聽，不過你可以去問警察局的羅局長，去年那相好的老公到店裏來鬧，最後鬧到警察局去了，後來怎麼樣我們就不清楚了。你是他什麼人？」

胡德謙說道：「我有些貨是通過他轉手賣的，年前一些帳還沒算得清呢，想找他再對一對！」

包子店老闆笑道：「等幾天吧，他說不定又回老家了，一般不超過十天就會回來的！」

胡德謙沒有再說話，向老闆買了幾個熱包子，出了店，和游勇慶邊吃邊走。他本想去找羅中明，估計此刻羅中明也不在縣裏，便上了馬，對游勇慶說道：「我們回去！」

經過七里亭，他記起了游瞎子說過的話，腦海中靈光一閃，想到了那十六個

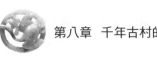

字中的其中四個字：田上草長。

這田上草長，不就是一個苗字嗎？一千年前留下的十六字偈語，莫非會印證在苗教授的身上？

雖然日本人說苗教授在婺源，可是現在到哪裏去找他呢？不管怎麼樣，先回村再說。

回到村子裏已是傍晚，見胡宣林和幾個後生打著火把守在維新橋頭，見到他們。胡宣林踉蹌著衝上前，說道：「德謙呀，你總算回來了，村裏出大事了！」

胡德謙一驚，差點沒從馬上摔下來。

第九章

陰陽柱

苗君儒問道：「什麼是百柱宗祠？」
程順生說道：「這百柱宗祠其實叫經義堂，
康熙年間一個叫黃公望的風水先生負責修建的，
據說這祠堂裏有一百根柱子，其中一根是隱形的，
怎麼數都數不出來，小時候我也去數過，
總是數到九十八或者九十九，就是沒有一百。」

孽龍洞內。

苗君儒收起陰沉木八卦，望著上川壽明，想起了漢初三傑之一的張良來。

張良，字子房，出身於貴族世家，祖父連任戰國時韓國三朝的宰相。父親亦繼任韓國二朝的宰相。至張良時代，韓國已逐漸衰落，亡失於秦。韓國的滅亡，使張良失去了繼承父親事業的機會，喪失了顯赫榮耀的地位，故他心存亡國亡家之恨，並把這種仇恨集中於一點——反秦。

後張良刺殺秦王未遂，被懸榜通緝，不得不埋名隱姓，逃匿於下邳（今江蘇睢寧北），靜候風聲。

一天，張良閒步沂水圯橋頭，遇一穿著粗布短袍的老翁，這個老翁走到張良的身邊時，故意把鞋脫落橋下，然後傲慢地差使張良道：「小子，下去給我撿鞋！」

張良愕然，但還是強忍心中的不滿，違心地替他取了上來。隨後，老人又蹺起腳來，命張良給他穿上。此時的張良真想揮拳揍他，但因他已久歷人間滄桑，飽經漂泊生活的種種磨難，因而強壓怒火，膝跪於前，小心翼翼地幫老人穿好鞋。老人非但不謝，反而仰面長笑而去。張良呆視良久，只見那老翁走出里許之地，又返回橋上，對張良讚歎道：「孺子可教矣。」並約張良五日後的凌晨再到橋頭相會。張良不知何意，但還是恭敬地跪地應諾。

五天後，雞鳴時分，張良急匆匆地趕到橋上。誰知老人故意提前來到橋上，此刻已等在橋頭，見張良來到，忿忿地斥責道：「與老人約，為何誤時？五日後再來！」說罷離去。結果第二次張良再次晚老人一步。第三次，張良索性半夜就到橋上等候。他經受住了考驗，其至誠和隱忍精神感動了老者，於是送給他一本書，說：「讀此書則可為王者師，十年後天下大亂，你可用此書興邦立國；十三年後再來見我。」說罷，揚長而去。這位老人就是傳說中的神秘人物：隱身岩穴的高士黃石公，亦稱「圯上老人」。

張良驚喜異常，天亮時分，捧書一看，乃《太公兵法》。從此，張良日夜研習兵書，俯仰天下大事，終於成為一個深明韜略、文武兼備，足智多謀的「智囊」。

幾乎所有史書上都稱，張良所得到的是一部兵法書，但據他在江蘇睢寧一帶考古時，從一個老道士那裏所聽到的民間傳說：當年張良所得到的，並非一部真正的兵書，而是一部集兵法佈陣、六爻八卦、風水堪輿和奇門遁甲為一體的「天書」。

據史書記載，秦二世元年（西元前二〇九年）七月，陳勝、吳廣在大澤鄉揭竿而起，舉兵反秦。緊接著，各地反秦武裝風起雲湧。那時候，矢志抗秦的張良也聚集了一百多人，扯起了反秦的大旗。後因自感身單勢孤，難以立足，只好率眾往投景駒（自立為楚假王的農民軍領袖），途中正好遇上劉邦率領義軍在下邳一帶發展勢力。兩人一見面，張良就從劉邦的面相上，看出對方是真命天子。於是，他果斷地改變了投奔景駒的主意，決定跟從劉邦打天下。即使劉邦被項羽打得一敗塗地，身邊只有幾十個人，張良也未動過離開的念頭。

秦朝末年那麼多揭竿而起的英豪中，誰的勢力都比劉邦的大。若張良不會看相算命，不洞曉天機，他怎麼會那麼死心塌地的跟著劉邦？

在史書上，張良晚年做了些什麼事，並未有半點記載。這樣的一個人物，怎麼會給歷史留下一段空白呢？這也實在讓人覺得太不可思議了。

不過有民間傳聞，張良為劉邦打下江山後，第一件事要做的，並不是仗功討封，而是退隱到家中，研究起「天書」後面的風水堪輿來，並遊走於各地尋找龍脈。整整八年，他的足跡踏遍了名山大川，但並未找到龍脈。

張良為什麼要找龍脈？他到底是在為誰找呢？

北大的李明佑教授原先研究過這個課題，後來因為諸多原因而放棄了。

漢高祖劉邦死後葬在長陵，長陵的陵址選在咸陽原的最高點，遠望就像是山峰兀立，氣勢雄偉。南與未央宮隔河相望，北倚九山，涇渭二水橫貫陵區。從風水學上來說，是一塊絕好的龍穴，謂之「九掌乾坤穴」，但「九掌乾坤穴」的龍脈命數不過兩百年。那個老道士告訴苗君儒，當年張良運用了「天書」上移脈之術，命二龍相交，蔭佑漢家四百年江山。加之長陵諸多臣子的陵墓風水相輔，可延一個九單之數。於是漢家江山前後共四〇九年，歷三十帝。

事實上西漢歷十五帝，二一〇年，東漢歷十四帝，一九六年。老道士那麼算，顯然將更始皇帝劉玄也算進去了。

老道士在講述張良用移脈之術命兩條龍脈相交時，向劉邦借了一樣東西，那就是傳國玉璽。這傳國玉璽乃是神物，具有龍氣。有關傳國玉璽的神奇，史書上都有記載。據傳，秦王政二十八年（前二一九），秦始皇乘龍舟過洞庭湖，風浪驟起，龍舟將傾，秦始皇慌忙將傳國玉璽拋入湖中，瞬間風平浪靜。而漢末董卓之亂時，孫堅率軍攻入洛陽，見城南甄宮中一井中有五彩雲氣，遂使人入井，見投井自盡之宮女頸上繫一小匣，匣內所藏正是傳國玉璽。

張良能夠用移脈之術將兩條龍脈相交，得益於傳國玉璽上的龍氣相助。因而，民間風水堪輿及道教，對於傳國玉璽還有一種稱呼，那就是御封龍印。

上川壽明也望著苗君儒，緩緩說道：「苗教授，你可別對我說你不知道這御封龍印是件什麼東西！」

苗君儒微微一笑，說道：「上川先生，你是玄學大師，應該知道御封龍印在什麼地方吧？」

上川壽明在原地來回走了幾步，說道：「我在中國找了它半年，終於被我找到了，不過現在不在我的手裏，已經有人去拿了！」

苗君儒淡淡地說道：「那我們就在這裏等他把東西送來？」

他雖然裝作若無其事的樣子，可心裏卻翻騰開了，這傳國玉璽在歷史上消失了近千年，很多人都在尋找。一個月前，他在陝西考古的時候，偶爾知道了有關傳國玉璽的下落，這次來婺源，也是想尋找傳國玉璽，想不到居然被日本人搶了先。

日本人拿到了傳國玉璽，打開這道氣牆，釋放出被鎖住的孽龍。接下來，日本人還會怎麼做？要怎樣才能準確找到中國龍脈？

他也想知道這些問題。

上川壽明狡黠地笑了笑：「如果順利的話，說不定他已經到洞外了！」

卡特早已經累壞了，也不管地上髒不髒，找了個地方躺了下來，閉上眼睛就打起了呼嚕。

苗君儒找了一處平坦的地方坐了下來，水生和程順生緊挨著他坐著。程順生低聲問道：「苗教授，我們就在這裏等嗎？」

苗君儒微笑道：「難道我們還要出去迎接不成？」

等了大約一個多小時，好在水生帶了很多松明進來，要不然火把早就熄滅了。就在水生側身點燃一把松明的時候，苗君儒眼角的餘光感覺右側的洞壁上似乎有一些文字，忙起身走到洞壁前。

那些字跡的落款倒還清晰，是木玉山人，只是沒有年代。苗君儒緊靠在洞壁上，仔細分辨著洞壁上那有些模糊的字跡，一看之下，他大為震驚。

「……龍已識真無可疑，尚有疑穴費心思。大抵真龍臨落穴……識得龍真穴始真，真形定是有真案……山川靈氣降為神，神隨主者家生人。此山此穴認為主，即隨香火降人身……」

這是他懷中那本《疑龍經》中下篇的經文，只可惜這個木玉山人並未全部記下來，只選了幾句，顯得無頭無尾，令人無法揣摩。最後的幾句話是加上去的：爾等欲尋龍，必尋陰陽柱，若無朱子冠，到頭一場空。

這裏就是孽龍洞，再往下一層就可見到龍潭，怎麼又冒出了朱子冠和陰陽柱來？這朱子冠和陰陽柱，究竟是什麼東西呢？

這些字的最後，有幾個模樣奇怪的文字，這些文字的每一行每一劃，都與蝌蚪類似，是鳥篆，俗稱蝌蚪文。這種先秦時期的文字，到漢朝已經被隸書所代替，至漢末已無人能識了。長沙岳麓山的禹王碑上，也有七十二個這樣的文字，兩千多年來無人能識。大文豪郭沫若花了三年的時間研究禹王碑，也只認得三個字。其實岳麓山上的禹王碑是拓品，真正的禹王碑在三峽神女峰下的那個山洞中，禹王碑上的文字，是一種打開生死之門的鑰匙。（有關禹王碑的故事，見《黃帝玉璧》）

上川壽明也走過來，看了一會兒說道：「苗教授，看來我們都太急了。你們中國古人的智慧，完全出乎我的意料之外。這朱子冠我不知道是什麼東西，不過這陰陽柱，我可聽說了！」

苗君儒「哦」了一聲，想不到上川壽明知道得還真不少。

上川壽明說道：「據此四十里有一個村子叫黃村，村子裏有一個祠堂……」

程順生不待上川壽明把話說完，驚道：「你說的是百柱宗祠？」

苗君儒問道：「什麼是百柱宗祠？」

程順生說道：「這百柱宗祠其實叫經義堂，是康熙年間一個叫黃公望的風水先生負責修建的，據說這祠堂裏有一百根柱子，其中一根是隱形的，怎麼數都數不出來。小時候我也去數過，總是數到九十八或者九十九，就是沒有一百。聽村裏的老人說，要是點其一百根香，每根柱子插一根，恰好可以插完。所以，大家都說祠堂裏有神。」

苗君儒問道：「那根隱形柱也叫陰陽柱，對不對？」

程順生說道：「是有這個說法。我們本地人知道的都不多，這個日本人是怎麼知道的？」

如果他知道「九一八事變」之前，有幾萬名精通華語的日本特務，深入到中國的每個縣城和鄉鎮，就不足為奇了。那些日本特務的任務，除了繪畫地形圖紙，打探情報外，最重要的一項工作，就是收集與當地名勝有關的奇聞逸事和傳說。只要上級情報機關需要，不要說黃村的百柱宗祠的故事，就是婺源縣長在哪裏過的夜，也一清二楚。

苗君儒說道：「有什麼奇怪的，我不是說過他們在當地還有人嗎？」

上川壽明說道：「苗教授，要不要陪我一起去百柱宗祠？」

苗君儒說道：「如果我不答應呢？」

上川壽明笑道：「別忘了你兒子還在我們的手裏，如果你想見到他的話，就好好和我們合作！」

苗君儒說道：「看來我不答應都不行了！」

上川壽明舉著火把向外面走去，程順生想舉槍從後面向他瞄準，被苗君儒按住：「程隊長，別衝動，現在還沒到你動手的時候。」

幾個人出到洞口，見外面的天色已經完全黑了，天空又飄起了小雪。那幾個日本忍者還站在洞口，倒也盡忠職守。

春雪易化，地上的積雪已經化去，連血跡都已經不見了。而那兩具屍體，也不知道被搬去了哪裏。

程順生打過那麼多次仗，從來不會讓手下的人曝屍荒野，他問那個叫磯谷的日本人：「我的同志呢？」

苗君儒用日語接著問了一遍。

磯谷回答道：「剛才有人上來，把他們抬走了！」

上川壽明說道：「苗教授，我們都累了一天，最好休息一下，子夜時分，我們在百柱宗祠見面，好不好？」

苗君儒說道：「上川先生肯放我們走？不怕我們帶人來對付你們？」

上川壽明說道：「我相信你，更相信我自己！你是聰明人，知道該怎麼做。」

苗君儒也不客氣，要程順生他們三個人先走，他殿後，剛走了幾步，聽到背後傳來沉重的走路聲，扭頭一看，見從洞內又出來一個人，準確說應該不是人，而是一具屍體。他一眼就認出，正是他在陝西藍田縣見過的那具腐屍。難怪進洞和出洞，都聞到一股腐屍的臭味。

他在藍田縣與這具腐屍相鬥時，也許上川壽明就站在離他不遠的樹林裏。

磯谷正低聲與上川壽明說著話，山上的風大，苗君儒就是想聽也聽不清，但是從他們的神色看來，好像並不是什麼好消息。

現在是三月十二日晚上，農曆一月廿八，庚辰日。距離二月二龍抬頭還有三天。

苗君儒的心裏越來越沒底，不知道接下來的這兩天裏，會發生什麼事。

第十章

私造九級台階的謀逆大罪

封建時代，私造九級台階的謀逆大罪，
一旦被朝廷知道，就算是當朝宰相，也不敢出面相保的。
區區一個黃村，居然敢建這樣祠堂，也不怕抄家滅族？
那個風水先生究竟是什麼人，為什麼要畫那樣的草圖？
這座百柱宗祠裏面，究竟藏有什麼秘密？

在回去的路上，苗君儒對程順生說道：「山上的事，不要對任何人說起！」

程順生問道：「為什麼？」

苗君儒說道：「他們不是普通的日本人，在事情沒有弄明白之前，我只是不想白白死更多的人。」

四個人回到程村，剛走到村口，迎面碰上幾個遊擊隊員。為首一個上前說道：「程隊長，你來了就好，胡隊長來了，在你家呢！」

程順生問道：「你們不是去支援胡隊長他們的遊擊隊了嗎？」

那個遊擊隊員說：「我們是去支援胡隊長他們了，可經過通元觀村的時候，聽到山上有槍聲，我帶著幾個人過去看，我們跟著你們的腳印到一個洞口，只見到二毛和福伯的屍體。我們知道你們進洞去了，我們人少，不敢進去，就把他們抬回來了！」

遊擊隊員的話音剛落，就見那棵大樟樹下的破屋中走出兩個人來，為首一個頭戴灰色八角帽，身穿破棉衣，腰間紮了一根牛皮帶，插著兩把駁殼槍，下身穿著破棉褲，打著綁腿，腳上卻穿著一雙新的大頭牛皮鞋。

這人一過來就熱情地抓著苗君儒的手，說道：「歡迎你，苗教授！」

苗君儒微微一笑，說道：「你好！」

胡澤開對程順生說道：「我剛到，在你家屁股還沒坐熱，正打算帶人去洞裏找你們呢，沒想到你們回來了！」

胡澤開身後的那個人，正是苗君儒的同事李明佑教授。此刻的李明佑，頭髮蓬亂鬍子拉渣，精神極為疲憊，身上披著一件破棉襖，若不仔細看，還真認不出來。

李明佑不顧旁邊有人，上前幾步抱住苗君儒哭道：「苗教授，我對不起你！永建還在他們手裏！」

胡澤開說道：「我們今天下午經過前面牛頭山的一個山谷時，在路邊發現了暈倒在路邊的他，我們把他救醒，他說是從重慶過來的，被日本人抓住關在一個山洞裏好幾天，逃出來時又累又餓，走著走著就暈倒了。我們一聽是從重慶來的，就把他順便帶過來了！」

李明佑哽咽著說道：「我們剛進入婺源境內，就遇上了日本人，他們殺了我的四個學生，把我和永建抓了起來，關在一個山洞裏。我是趁他們不注意的時候，從山洞的另一個支洞跑出來的，沒想到迷了路……」

接著，他把在山谷裏遇到日本人的情形說了。

胡澤開說道：「他想帶我們去救人，我認為沒有必要去。日本人知道他逃走，一定早就把人給轉移了，還等著我們去呀？」

苗君儒佩服胡澤開的分析，贊同地點了點頭。

李明佑從身上拿出一封信，說道：「這封信是從婺源寄出的，我幫你收到的時候，你已經失蹤了。」

苗君儒接過那封信，見信已經被人打開看過了，他從信封內取出信紙。這信是一個人叫胡德謙的人寫給他的，想請他幫忙解開南唐國師隱藏上千年的家族秘密，在信的最後，還有幾個類似符號的文字。這些鳥篆文字與孽龍洞中的那幾個字一樣，苗君儒也不認得。令他感到奇怪的是，當時的南唐國師何令通，居然會寫這種失傳了一千多年的文字。莫非這種鳥篆文字，在一定的人群中，以一種不可思議的方法傳承著？

何令通是風水先生，又是玄學大師，孽龍洞中留下字跡的木玉山人，也是玄學大師。

苗君儒想起了那個建造百柱宗祠的人，不也是一位風水先生嗎？難道祠堂中的陰陽柱，與石洞中的鳥篆文字，還有考水村的那些鳥篆文字，都有著某種聯繫？也許這些風水先生的後人或傳人知道這種文字的含義。

胡澤開說道：「苗教授，這個寫信給你的人我認得，是縣商會的會長。」

苗君儒問道：「你也是考水村的人？」

胡澤開說道：「是的，按輩分算的話，他還是我的族叔，現在是考水村的族長！他和我有殺父之仇。當年我爸只是送了點吃的東西給山上的紅軍，就被他抓到縣裏去殺了。明天我帶你們去考水。」

苗君儒說道：「但是今天晚上我還要去一個地方。」

胡澤開說道：「我接到上級的命令，要保證你在婺源的安全。當我得知程隊長已經接到你的消息之後，就急著趕過來了！」

苗君儒問道：「你帶人過來了，誰在抵抗進攻的日軍？」

胡澤開說道：「這事真有些奇了，這些天來，日軍的進攻一波接著一波，我們打得很吃力，可就在今天早上，山下的日軍居然全都撤走了！我怕還有什麼異常情況，就把主力都留在原處，只帶了幾個人過來。」

北線的日軍突然撤走，那另外三個方向的日軍是不是都撤走了呢？日軍的作戰方案和進攻目的，必定與在婺源境內活動的日本人有著很大的關係。

苗君儒想了一會兒，對胡澤開和程順生說道：「程隊長，胡隊長，我有點事想和你們兩位商量一下。」

李明佑看著他們三個人進了屋，也不好跟進去，接過一個遊擊隊員遞過來的烤紅薯，在手裏捂了一會兒，剝開皮吃了起來。卡特站在大樟樹底下，和水生不知道聊些什麼。

沒多久，苗君儒和胡澤開他們三個人從屋裏出來了，看程順生的臉色，一副很不服氣的樣子。

苗君儒走過去對李明佑說道：「李教授，胡隊長答應明天帶我們去考水，如果你不想去的話，明天他們會安排人送你去縣裏，等情況好一點，就送你先離開婺源。」

李明佑急忙說道：「苗教授，我來婺源是想尋找你說的傳國玉璽，如果就這麼回去，我實在不甘心！」

苗君儒沉思了一會兒，說道：「那好吧，但是今天晚上我和卡特先生要去一個地方。你先休息一下，天亮之前我會回來，然後一起去考水！」

李明佑說道：「如果不嫌我累贅，我想陪你一起去！」

苗君儒說道：「算了，李教授，你被日本人關了幾天，需要好好休息一下。等下胡隊長可能會問你關於那些日本人的長相，他們也想儘快替我找到永建！」

他看到李明佑丟在地上的紅薯皮，眼中閃現一抹疑惑。直覺告訴他，李明佑一定騙了他，一個餓了兩天的人，在得到一個烤紅薯後，是不會等到剝皮，就會連皮全部吃光的。

李明佑為什麼要騙他？

子夜時分，天空中還飄著小雪，但是地上的積雪早已經化盡，山路泥濘不堪，一步三滑。幾個舉著火把的人來到了離程村幾十里的黃村。

還未到村口，就聽到村裏的狗都在吠。走在最前面的程順生低聲說道：「那些日本人已經到了！奇怪，祠堂是在村頭，沒必要經過村裏。日本人肯定也不想驚動村裏的人，沒有外人進去，村裏的狗是不會亂叫的。」

苗君儒說道：「狗是有靈性的動物，你們仔細聽聽，這叫聲充滿了驚惶和恐懼，一定是看到了很恐怖的東西。」

祠堂是用來擺放祖宗牌位的地方，每當族內有人自然死亡，屍體都會放在祠堂中，供族人弔唁。這樣的地方，往往充滿著靈異的氣息。

程順生說道：「這百柱宗祠跟別的祠堂不同，幾百年來，祠堂裏從來沒有蚊子和螞蟻，更別說蜘蛛什麼的了，連鳥都不敢飛進去！」

卡特說道：「想不到中國居然有這種奇怪的地方，真是匪夷所思！」

苗君儒問道：「那個祠堂還有什麼特別的？」

程順生說道：「特別的地方當然有，聽說當年建祠堂的時候，正堂前面的台階是有九級的，後來不知道為什麼撤掉了兩級，現在只有七級了。原來撤掉了那兩級台階的痕跡，現在還能看到呢！」

聽到這裏，苗君儒的心微微一動，想不到這山野之間的一座祠堂，居然敢冒大不違的罪名，建九級台階，這要是被官府知道，那是抄家滅族的大罪。

程順生接著說道：「祠堂內的那塊牌匾，聽說是清朝的宰相寫的，你們進去就能看到！」

苗君儒大驚，私建九級台階也就罷了，居然還要清朝的宰相為祠堂題匾，那麼，修建這座祠堂的是什麼人呢？

卡特說道：「建祠堂的一定是一個很了不起的人物吧？」

程順生笑道：「也不是什麼大人物，我小時候聽老人們講過這個祠堂的故事。說是清代初年，黃村的人感到村裏一直沒出什麼人物，就想改一改風水。一天，村裏來了一個風水先生，在村裏轉了轉，說村子背山面河，是塊好地，只可惜陽氣太盛，最好能夠建一座祠堂，用先祖的陰氣壓一壓。於是全村人集資修建了這所祠堂，好不容易造到封頂，沒有錢了，那些工匠們散夥回家，爬過一道嶺，遇到回村過年的『翰公老』。翰公老名叫黃聲翰，是專做捆排流放的木材生意的，在外面賺了不少錢。他把工匠們拉了回來，耗盡全部資材，終於按風水先生的草圖把祠堂造成了。初造成的時候，正堂前拱門的台階有九級，叫『九步金階』。附近岑下村一個財主告密，說黃村私造金鑾殿，有謀反之意。後來官司不知道打得什麼樣了，『九步金階』改成七級台階，還請一個宰相題了匾，懸掛在祖堂正中。老人們說那宰相少年時家裏窮，是翰公老資助他讀的書，後來當了宰相，在翰公老困難的時候報了恩。」

在封建時代，這私造九級台階的謀逆大罪，一旦被朝廷知道，就算是當朝宰相，也不敢出面相保的。區區一個黃村，居然敢建這樣祠堂，也不怕抄家滅族？那個風水先生究竟是什麼人，為什麼要畫那樣的草圖？這座百柱宗祠裏面，究竟藏有什麼秘密？

幾個人沿著河邊繞村走了一段路，程順生指著村頭那個巨大的黑影說道：「那就是！」

那個巨大的黑影，就像一個大怪物蟄伏在那裏，充滿了神秘和恐怖。

他一行人沒有過通往村裏的木橋，而是在祠堂的對面河邊，找了一張竹筏，撐著過了河。

村裏的狗仍在叫，但叫聲似乎沒有原先那麼頻繁了。

爬上河邊石頭壘成的堤岸，迎面就是百柱宗祠那高大的門樓和圍牆。且不說那門樓是什麼樣子，僅那樣的高度，就足以讓人想像祠堂裏面的氣派和氣勢。

周圍沒有一絲亮光，苗君儒暗忖：難道上川壽明還沒來？

程順生剛走近祠堂的大門，見側邊出現了幾個人影，那幾個人走路的時候聽不到半點腳步聲。他嚇了一跳，拔出槍用本地話問道：「誰！」

一個人以一種不可思議的速度貼近他的身邊，還未等他有進一步的反應，一把冰冷的刀已經架在了他的脖子上。苗教授說得不錯，這些日本人確實與正常人不同。他的心一沉，下次再見到他們，一定先開槍再說話。

只聽到身後的苗君儒說道：「上川先生，你們來得夠快的！」

水生手上的火把照見站在祠堂正門台階下的幾個日本人，為首的正是他們見過的上川壽明。

那把刀適時離開了程順生的脖子，那個日本人也閃身到了上川壽明的後面。程順生暗暗發誓，下一次他絕對不會再讓日本人用刀架在他的脖子上。

兩個日本人從身上拿出手電筒，往門樓上照了照。

難怪苗君儒他們沒有看到這邊有火光，原來日本人用的是手電筒，察覺到有人過來，就把手電筒給熄了。

水生說道：「狗一直叫個不停，村裏的人一定知道有外人來了。奇怪，怎麼沒有一個人出來看呢？」

苗君儒也說道：「是呀，是有些奇怪！」他剛才在過河的時候，見水生故意點了兩支松明火，並大聲咳嗽，目的就是給村裏的人發信號。祠堂是一個宗族最神聖的地方，未經本族族長的允許，是不會隨便讓人進去的。水生是本地人，自然不想讓日本人進到祠堂裏去找什麼陰陽柱。

他見祠堂正門大開著，上方掛著一串白色挑紙，心道：莫非村裏死人了？

程順生也看到了那串白色挑紙，臉色微微一變，拉了苗君儒的手，低聲說道：「苗教授，請跟我來一下！」

兩人往前走了一段路，程順生指著離祠堂最近的一戶人家的門口，低聲說道：「苗教授，你看到倒豎在門口的那支掃帚沒有？」

那戶人家的門口，隱約有一支掃帚倒豎在牆邊。苗君儒在湘西那邊考古的時候，見過這樣的情景，每當有趕屍人趕屍經過，村裏的每一戶人家都把掃帚這樣倒豎在門口，為的是避邪。可這裏是婺源，不是湘西，某非也有那樣的習俗？

程順生接著說道：「我聽胡隊長說，黃村有一個保長和兩個鄉丁死在北線了，今晚是頭七！他們是戰死的，犯凶！祠堂的門一般都是鎖著的，這時候開著，就是想讓他們自己進去，那門上的是招魂幡！」

難怪村裏的人聽到狗叫都不出來，原來是凶死在外面的人「頭七」。傳言那些年紀輕輕就凶死在外面的人，冤魂回不了家，便會變成厲鬼。「頭七」是厲鬼回家的日子，晚上都會鬧得特別厲害。將掃帚倒豎在家門口，厲鬼看了就知道不是自己的家，也不敢進去。

苗君儒低聲說道：「都是國家忠魂，為國而死的，怎麼忍心讓他們遊蕩在外面當孤魂野鬼？」

兩人退回到祠堂邊，苗君儒向水生要了三支香，點燃，朝東南西北四個方向拜了拜，左手結了一個道家的接引手印，右手持香，對著村內的黑暗之處說道：「陰有陰路，陽有陽路，陰陽相隔，互不相犯，祖宗有靈，接你們進堂享受子孫香火！」

苗君儒一邊說著，一邊向祠堂內走了進去。

招魂幡飄了起來，水生感覺一陣冷風吹過身邊，頓時起了一身雞皮疙瘩，嚇得他趕緊抓住程順生的手，低聲說道：「隊長，真的有鬼嗎？」

程順生笑道：「鬼在你的心裏呢！這個保長我認得，人很不錯的，聽胡隊長說，保長帶著幾個人，用手榴彈去炸日本人的機槍火力點，沒想到把自己給賠上了！是條好漢！」

過了一會兒，苗君儒出來道：「好了他們都進去了，不會再鬧了！」

上川壽明笑道：「想不到你這個考古學教授，還會這一招！如果你不做的話，我打算用你們中國人的招魂術，把他們的魂魄引進去。他們雖然是和我們日本人作戰死的，可對我們日本人而言，也很佩服這樣的勇士！」

苗君儒暗暗吃驚，上川壽明怎麼知道這三個人是戰死的？莫非他選擇今天晚上來百柱宗祠之後，已經有人將這裏的情況告訴了他，所以他們才那麼有恃無恐。

那個人到底是誰？

幾個人相繼走進宗祠。幾個日本人拿著手電筒亂照，看到門窗屋樑上方的精美雕刻，不僅發出驚歎聲。站在祠堂的廳堂正中，看著祠堂內那一根根粗大的木柱和一扇扇鏤刻的門窗，讓人感覺到祠堂規模的宏大和壯觀。

這座祠堂確實與一般的祠堂不同，有一種普通祠堂所沒有的逼人氣勢，那些雕刻的鼇魚吐雲和龍鳳呈祥等圖案，其雕刻手法精美絕倫，不亞於皇家宗廟。若是一個沒有什麼歷史背景的村子，絕對造不出這樣的氣派。

苗君儒望著正堂上方的那塊匾額，見「經義堂」三個字的字體渾厚大體，遒勁有力，一看就知道是出自名家之手。下面的落款是潤甫，潤甫是清朝文華殿大學士兼翰林院掌院學士張玉書的字號，張玉書乃康熙最為倚重的漢臣，曾任兵部、戶部的尚書和禮部侍郎，門下學生無數，是當時朝廷權勢最大的人，但他為人謙遜，從不結黨營私，這也是康熙倚重他的原因之一。就這樣的一個人，居然肯為這樣的一座鄉村祠堂題匾。

這祠堂裏，莫非真的隱藏著什麼秘密？

他走到供桌前，見供桌上擺著一些水果及三牲祭品，在供桌的上方香案上，有一個元青花大盤，那盤子裏沒有其他的東西，只有一個約一寸長的黃色小物件。他把那物件抓在手裏，見物件沉甸甸的，估計是純金打造，物件的做工精巧，看上去隱約像一條遊弋在雲層中的龍。但他已經看出，這是一把小鑰匙，也不知是開啟哪裏的。

就這麼樣的一個純金物件放在祠堂內顯眼的地方，也不怕被人偷走。婺源民風淳樸，鄉民都是老實本分之人，絕沒有亂拿人家東西的想法。更何況宗族祠堂是外人不能進去的，對本村人而言，供桌上的東西是神物，絕對不可以亂動。

供桌旁邊有一處用布幔隔開的空間，一個日本忍者用手扯開布幔看了一眼，嚇得退到一邊。布幔的後面，是幾口大紅棺材，裏面裝的一定是死在戰場上的本村保長和鄉丁。棺材前面的香燭早已經熄滅，用來焚燒紙錢的火盆裏，也看不到半點火星。

水生緊跟著程順生，不敢亂走。祠堂黑暗的角落裏，彷彿有無數雙眼睛在看著他。正堂門口擺著香案，三根大香插在香爐裏，微微晃動的燭火發出一種綠色的光芒，令他覺得一陣陣的毛骨悚然。

上川壽明來到苗君儒的身邊，說道：「我實在不敢相信，在這山野村裏，居然有這樣的一座祠堂。苗教授，你不覺得這個村子與這座祠堂很不相配嗎？」

苗君儒說道：「上川先生，你對這座祠堂，想必也不陌生，估計連它的來歷都一清二楚了吧？」

上川壽明露出一抹得意的神色：「對於祠堂的來歷，這是很多人都知道的，可是你知道在沒有建祠堂之前，這裏有什麼嗎？」

苗君儒愣了一下，這個問題恐怕連村裏的老人們都回答不出來，他說道：「看來我真的低估了你們日本人！」

上川壽明說道：「這座祠堂建於清朝初年的康熙年間，在此之前，有一個人從北京城內逃出來的時候，帶走了一大批皇宮珍寶……」

苗君儒說道：「你是指李自成？」

上川壽明說道：「據說李自成進北京後，光從宮中搜出內帑『銀三千七百萬錠，金一千萬錠，珍寶古董無數』，這還不包括他在民間掠奪的財寶，他兵敗逃到湖北九宮山被殺，那些財寶從此下落不明！」

苗君儒說道：「是呀，他是在湖北被殺的，有關李自成的寶藏之謎，歷史上有很多個版本，就算要找，也要去湖北或者湖南找，怎麼和這座宗祠有什麼牽連？」

上川壽明說道：「李自成死後，他的殘部由他的妻子高氏和侄子李過領導，直到康熙三年才告徹底失敗，這座祠堂是建於康熙四年！」

苗君儒說道：「那你告訴我，這座祠堂和李自成有什麼關係？」

上川壽明說道：「你別忘了，李自成曾經是大順皇帝，在他兵敗九宮山之前，在江西也打了幾仗，可是每仗都輸！其中有兩仗的地點就在浮梁與鄱陽一帶。當他們撤到湖北去的時候，有兩個重要的人物失蹤了。我們查過他們兩人的相關資料，他們並沒有戰死，而是失蹤了！」

苗君儒驚道：「是齊成蛟與宋寶？」

上川壽明說道：「苗教授果然博學，連這兩個人的名字都知道。」

苗君儒說道：「我在一本牛金星的兒子牛佺降清後寫的書信中，看到這兩個人的名字。信是寫給鎮守武昌的都統將軍蘇哈圖的，信中說李自成殺了李岩之後，對誰都不信任，每天只有幾個侍衛陪伴左右，只要找到這幾名侍衛，就找到李自成了。李自成在九宮山兵敗，連宋獻策這樣的人都被清兵俘虜。蘇哈圖在清點死去的人和俘虜時，只找到其他的幾名侍衛，這兩個人卻失蹤了。幾年後，直至高夫人與紅娘子她們兵敗，也未見這兩個人的消息。」

上川壽明說道：「那個齊成蛟，我們不知道是什麼人，但是那個宋寶，卻是宋獻策的兒子。苗教授，宋獻策是什麼人，就不用我多說了吧？」

苗君儒說道：「你懷疑那個給黃村畫草圖的風水先生，就是宋獻策的兒子的宋玉，而李自成寶藏的秘密，就在那根隱形柱裏？」

上川壽明說道：「不是懷疑，是肯定。在沒有建祠堂之前，這裏是一處道觀，道觀的道長就是在洞內留字的木玉山人。苗教授，不用我再解釋了吧？」

木玉這兩個字正是從宋寶兩個字裏抽出來的，聽上川壽明這麼一說，似乎還真的有那麼一層關係。苗君儒看了一眼兩邊的牆壁和木柱，說道：「祠堂這麼大，有上百根柱子，你想怎麼找？」

上川壽明笑道：「當地有一種方法，那就是點一百根香，每根柱子下插一根，一根一根的插過去，但那樣只能夠證明那根柱子的存在，並不能找出那根陰陽柱究竟在哪裏！陰陽柱是連通陰陽兩界的地方，活人看不到，但是死人可以看到。苗教授，你剛才不是引了三個人的魂魄進來嗎？用通靈術問一問他們就知道了！」

苗君儒說道：「不是每個人都會通靈術的，我只是考古學者，只有你這樣的玄學大師，才會那樣的法術！」

上川壽明不再說話，神色嚴肅起來，幾個日本忍者站到他的身邊，圍成一個圓圈。

苗君儒朝卡特招了招手，示意他過去。

程順生和水生也走了過來，和苗君儒站在一起，他低聲問道：「其實日本人自己可以找到那根陰陽柱，他們為什麼要把我們叫來？」

苗君儒低聲說道：「我也想知道！」

說話間，只見上川壽明那平伸的手掌心，出現了一團黃色的火焰，他的嘴巴嘰哩咕嚕的，不知道在說什麼。

奇怪的事情發生了，在離上川壽明不遠的地方，出現了三個模糊的人影，其中的一個人影似乎在與上川壽明說著話。沒一會兒，上川壽明手裏的火焰消失，那三個人影轉身朝正堂走進去。

正堂就是當地人稱的「享堂」，是擺放祖宗牌位的地方。「享堂」是香堂的諧音，暗喻祖宗享受子孫香火的含義。

所有的人跟著那三個人影進了正堂，見三個人影在正堂大香案旁邊的一根柱子前停了一會兒，就消失不見了。

幾個日本忍者在那根柱子前找來找去，可除了那根柱子外，並沒有第二根柱子。

苗君儒說道：「你找不到陰陽柱的！」

上川壽明生氣道：「想不到你們這些支那人，連死了都這麼可惡！」

程順生大聲道：「你說什麼？別忘了你是日本鬼子，他們三個人就是打日本鬼子才死的，他們活著是中國人，死了也是中國鬼！」

上川壽明怒道：「信不信我殺了你們？」

苗君儒說道：「上川先生，別這麼激動，離二月二龍抬頭還有兩天的時間，你要是完成不了任務，就是殺了我們也沒用，後果怎麼樣，你比誰都清楚！」

上川壽明憤憤地望著苗君儒：「你不可能不知道尋找陰陽柱的方法，如果你僅僅是個考古學者，剛才就沒有辦法用道家的接引法術，把他們三個人的魂魄引進祠堂裏。」

苗君儒說道：「上川先生，我用的是旁門左道的法術，一般的道士都會的。」

上川壽明說道：「我知道你不肯幫我，沒有你，我就不信找不到那根陰陽柱！」

他的臉上出現一抹煞氣，咬破左手中指，口中念念有詞，用左手中指在右手掌心畫著符。驀地，他的右手掌心出現一道金光，金光中浮現一道靈符。

苗君儒見到那道靈符，大聲叫道：「上川先生，你這麼做也太狠毒了！」說完，他也咬破左手中指，凌空畫了一個八卦圖形。那八卦圖形發出道道金光，凌空飛向那道靈符。

一聲霹靂，眾人只覺得眼前一花，靈符和八卦圖形全都不見了。

上川壽明叫道：「你為什麼要制止我？」

苗君儒說道：「你只是要尋找陰陽柱，祠堂裏這麼多陰魂和你有什麼恩怨，為什麼非要打得他們灰飛煙滅？你這麼做，也太狠毒了！」

上川壽明說道：「你們中國不是有句話叫『無毒不丈夫』嗎？我只是想逼他們說出陰陽柱在哪裏。」

苗君儒說道：「別忘了他們活著的時候，都是中國人！如果你跪下來求他們，也許他們會告訴你！」

上川壽明說道：「想要我跪在你們支那人面前，我做不到！」

苗君儒說道：「還有一個方法，把全村的老人都找來，逼他們說，逼活人比逼死人要容易得多！」

站在苗君儒身邊的卡特說道：「上川先生，我知道你是一個玄學界的高人，我建議你學會尊重死人。」

上川壽明長歎一聲，走到擺放牌位的長條香案前，低著頭，口中喃喃自語，像是在哀求著什麼。

苗君儒默默地看著這一切，臉上出現凝重之色。

程順生好像聽到有滴水的聲音，循著聲音望去，見苗君儒那咬破的手指正不斷滴血，滴滴答答的滴得很厲害。他忙從身上撕下一塊布，要為苗君儒包紮手指。當他的手碰到苗君儒的手時，如同碰到一塊冰一般，嚇了他一大跳。更為奇怪的是，苗君儒手上的血滴在青石板地上，瞬間便滲了進去。這是石板，不是鬆軟的泥土，就算是泥土，那血滴到土裏，也能看到呀！

可是他眼前的青石板，竟像一潭深水，多少血滴下去都沒法看到。

只聽得上川壽明那陰森森的聲音：「苗教授，你還有多少血可以流？」

程順生見苗君儒的臉色越來越慘白，急道：「苗教授，你再不止血的話，會死的！」

他見苗君儒不吭聲，忙從腰間拔出手槍，不顧一切對準上川壽明勾動扳機。

請續看《搜神異寶錄12 傳國玉璽》

搜神異寶錄之11 帝胄龍脈

作者：婺源霸刀
發行人：陳曉林
出版所：風雲時代出版股份有限公司
地址：10576台北市民生東路五段178號7樓之3
電話：(02) 2756-0949
傳真：(02) 2765-3799
執行主編：劉宇青
美術設計：許惠芳
行銷企劃：邱琮傑、張慧卿、林安莉
業務總監：張瑋鳳

初版日期：2017年12月
初版二刷：2017年12月20日
版權授權：吳學華
ISBN ：978-986-352-474-8
風雲書網：http://www.eastbooks.com.tw
官方部落格：http://eastbooks.pixnet.net/blog
Facebook：http://www.facebook.com/h7560949
E-mail：h7560949@ms15.hinet.net
劃撥帳號：12043291
戶名：風雲時代出版股份有限公司

風雲發行所：33373桃園市龜山區公西村2鄰復興街304巷96號
電話：(03) 318-1378
傳真：(03) 318-1378
法律顧問：永然法律事務所 李永然律師
北辰著作權事務所 蕭雄淋律師

行政院新聞局局版台業字第3595號 營利事業統一編號22759935

定價：280元　特惠價：199 元

國家圖書館出版品預行編目資料

搜神異寶錄／婺源霸刀 著. -- 初版. -- 臺北市：
風雲時代，2017.06- 冊；公分

ISBN 978-986-352-474-8（第11冊；平裝）

857.7　　　106006481